문학과지성 시인선 456

밤의 입국 심사

김경미 시집

문학과지성사

문학과지성 시인선 456

밤의 입국 심사

초판 1쇄 발행 2014년 8월 25일
초판 8쇄 발행 2023년 8월 31일

지 은 이 김경미
펴 낸 이 이광호
펴 낸 곳 ㈜문학과지성사

등록번호 제1993-000098호
주   소 04034 서울 마포구 잔다리로7길 18(서교동 377-20)
전   화 02)338-7224
팩   스 02)323-4180(편집) 02)338-7221(영업)
전자우편 moonji@moonji.com
홈페이지 www.moonji.com

ISBN 978-89-320-2654-1 03810

지은이는 2013년 문화예술위원회의 아르코문학창작기금을 수혜했습니다.

문학과지성 시인선 456

밤의 입국 심사

김경미

2014

시인의 말

나무와 새벽빛 그리고 허황들에게 사과하고 싶다

2014년 여름
김경미

밤의 입국 심사

차례

시인의 말

1부

1부

지구의 위기가 내 위기인가

지구가 내 이름을 아는가
날 좋아하는가
나 때문에 비 오는 날 잠 못 이룬 적이 있는가

날 환영했는가
날 쓰레기 취급하지 않았는가

내가 더 잘나야 하는가
더 잘해주어야 하는가

지구가 좋아한 사람은 따로 있지 않았던가
기준이 공정했던가
급하니 찾는가

삐뚜름히 서서 밤의 지구 위 별을 본다
별이라는 우산
폭우 쏟아질 때 씌워주던 긴 손목
아무에게도 할 수 없던 얘기

귀에 손을 모았다 덮었다 하며 들어주던
무한한 경청

왜 그러는가
별은 또 내게 왜 주는가
언제 무엇으로 다 갚으라고
무한대의 빚부터 안기우고 시작하는가

처음부터 위기에 묶어두는가

나, 라는 이상함

새소리가 싫은 것
날개를 얻으려 뼛속이 텅 비다니!
잦은 이사와 기차는 사랑하지만
밟아대는 산책과 등산복은 싫은 것
가만히 있는 건 유리창처럼 근사한 일
유리창 옆에 혼자 있는 건
산꼭대기 구름처럼 높은 일

독시체르* 같은 이름
어딘지 지독한 음정과 박자
말하지 않고도 말하는 그 악기의
단단한 뺨
그 흉내에 번번이 실패하는 것
슬픔에 담갔다 꺼낸 것들은 안심이 된다
옷에서 물이 뚝뚝 떨어지는 이들은
무조건 믿어도 좋다

양말을 한쪽만 신는 것

2개는 너무 많거나 아프리카처럼 너무 뜨겁다

높은 굽이 좋은 것
바닥과 알맞은 거리를 두는 법
애정에는 간격이 최고다

그 각도로 가령
나뭇잎들의 성격은 해마다 4개쯤이고
망치와 못 틈에 끼인 내 성격은
오늘은 7개에서 내일은 2개로 줄었다가
3개를 버려 지금은 마이너스다
당신들은 몇 개를 발휘하고 몇 개를 휘발시켰는지

이 행복이 다 실패지 뭐겠는가 싶다가도

사실 더 이상한 자들이 있으니
배와 비행기야말로
제정신들인가

어디든 가고 싶다고
쇳덩이가
공중부양의 엽서가 되다니

한술 더 뜨는 존재는 그 아래 물고기들
익사하지 않는 코는
장식품일까
대부분의 내 날짜들처럼

다들 정말이지 이래도 될까
이렇게 이상해도 되는 걸까
알약은 절대 못 삼켜
사람도 가루를 내야만 먹는 나보다 더

흉측하다니!

* 우크라이나의 트럼펫 연주가.

15

오늘의 괴팍

가고 싶지 않다
즐겁고 득이 된다지만

내 안에 있는 것들은 그런 것이 아니다.

당신들은 팔꿈치와 입과 농담이 강하고
나는 일관성과 발가락과 희망이 약하다
손이나 귀도 비닐에 가깝다
무엇보다 당신들은 바깥이 많고
나는 매번 당황이 너무 많다

나는 시간만 버리니 춥다고 생각하고
당신들은 바닷가 모래처럼 교제가 뜨겁고
나는 정거장마다 매번 돌아가버릴까 문을 오르내
리며
버스 기사를 화나게 한다
당신들은 늘 코가 가렵고
나는 등이 가렵다

그러나 잘못 긁으면 팔이 부러진다
내가 있는 곳은 내가 있기에 혹은 내가 있어서
항상 적당치 않다
어젯밤에는 괴팍한 사람의 글을 읽었다
그 사람처럼 괴팍하지 못한 게 부끄러워
밤 내내 뒤척였지만

오늘도 또 즐겁고 득이 된다는 자리엘 간다지만

시간만 버리는 일
그런데 버리지 못하는 일

간신히 버스에서 내리자
정반대 방향으로 팽팽히 당겨대는 고독과 사교에

오늘도 목이 부러진다

맨드라미와 나

하루 종일 날씨가 흐리다 흐린 날씨는 내가
좋아하는 날씨
좋아하면 두통이 생기지 않아야 하는데

화단의 맨드라미는 더 심하다
온통 붉다 못해 검다

곧 서리 내리고 실내엔 생선 굽는 냄새
길에는 양말 장수 가득할 텐데
달력을 태우고 달걀을 깨고 커튼에 커튼을 덧대고
혀의 온도를 올리고
모든 화단들이 조용히 동굴을 닫을 텐데

어머니에게 전화한다
대개는 체한 탓이니 손톱 밑을 바늘로 따거나
그냥 울거라
성급한 체기나 화기에는 눈물이 약이다

바늘을 들고 맨드라미 곁에 간다
가을은 떠나고
오늘 밤 우리는 함께 울 것이다

슬픔이 해준 것들

목련꽃들 족제비처럼 빠르게 지나가도
천천히 숨 쉬게 해주었다

물뿌리개 같은 회색 기와지붕
낡은 전축 기울여 빗소리 뿌려주었다

소의 어금니가 되게 해주었다
그 말들 가두느라 입안에 지푸라기 가득해도

머리 새빨갛게 물들인 여자
붉은 장미꽃 가득한 담벼락 지날 때
둘 다 고요하게 해주었다

다섯 번의 눈물과 후회를 두 번의 열매로 계산해
주었다

너무 오래 달라붙지 말라고
나뭇잎들 기러기같이 몇 달씩 떼어놔주었다

20

과일과 오후의 그늘 중 어느 쪽이 더 입에 맞는지
알려주었다

　　외로운 곳에 가게 해주었다
　　체코슬로바키아에서 체코를 잃고 잊혀진 곳
　　슬로베니아냐고 자꾸 질문받는 곳
　　그 마을 광장 뒤뜰의 묘비명들

　　무엇보다

　　그 무엇보다
　　꼭 죽이고 싶던 사람

　　그가 먼저 세상을 떠났다

오늘의 철학

—황금빛 옷핀

친구는 내게 노출 드레스를 입힌 뒤
허리 안쪽을 옷핀으로 여며주고
겨드랑이 제모 상태를 확인한 뒤
뉴욕 뒷골목 클럽에 데려갔다
가는 내내 드레스 속 옷핀이 살갗에 차가웠으니

귀를 찢는 연주 소리와 춤과 술
나도 퇴폐와 환락을 좋아하지만
스스로를 신뢰할 수 없을 만큼 좋아하지만

나는 슬픔 속에서 더 안전할 것이며
초라함이 일상의 무대의상일 것이며
발은 주로 한 박자 늦을 것이며
심장은 소규모를 떠나지 못할 것이며

이것은 내 옷이 아니며
이 사람은 내가 아니며
이 생은 내가 원하던 모습이 아니라고

허리 속에서 풀려버린 차가운 황금빛 옷핀이
자꾸 살을 찌른다

스피커

영어는 네이티브 스피커에게 배우고
설득은 반값에 행상 트럭 스피커에게 배운다

마을버스 승차 요령은 가파른 언덕길에서 배우고
수영은 물 밖 호흡으로부터 배우고
만남은 후회에서 배운다 혹은 그 반대

웃음은 스피커로는 안 된다
너무 크게 웃고 나면 꼭 불길한 일이 생기므로

구두에서는 소를 키우고
손바닥에서는 은행잎을 키우고

민박집에서는 벌레와 유리창을 배우고
이사는 계단과 천장에서 배우고
노래는 알콜에서 배우고
그리움은 칫솔질에서 배우고
뱉으면 치약 거품에 피가 꼭 섞여야 한다

24

사과는 품종에 관계없이 교양에서 배우고
서류에서는 인사의 각도를 배우고
행운에서는 서커스를 배우고
물속 수련과 부레옥잠에서는 인내를 배운다
침에서는 얼굴을 배우고
발등에서는 핑계를 배우고

거기 바다 닮은 분에게는
스피커 켜는 법을 배운다

자세와 방식

이별은 그녀가 사랑을 유지하는 유일한 자세
멀리 떨어지는 것은
누군가를 얻는 유일한 방식

커튼과 모자를 자주 구입하는 건
방식일까 자세일까

딸기들이 제 얼굴에 무수히 점을 찍듯
그녀는 취소와 후회를 무수히 점찍어왔다
새로운 이목구비를 꺼내려
날마다 애쓰느라
결국 얼굴에 큰 상처가 났다

달팽이들은 불안으로 산다
집을 훔쳐갈까 봐
등이 비에 젖을까 봐
늘 집째 이고 다닌다

빗소리에 어울리는 방식은 눈동자인가 맨발인가

바닥으로 내려가는 중인지
위로 올라가는 중인지 말해주지 않는
소라와 나사의 자세들

형광등은 재빠른 공격과 휴식에 유능하고
파도처럼 쌓이는 월요일부터
흰 물거품 같은 일요일까지
벽돌을 구워 빵같이 부드러워지려고

내 등은 매일
소라와 나사와 달팽이와 커튼과 건전지와
발바닥을 업고 다닌다

탄광과 라벤더

보라색 라벤더꽃은 본 적도 없던 시절
검은색의 시절
나는 젊었고 꽤 순했고 마음이 자주 아팠고
지하도 계단을 동정했고 예술과 불행을 믿었다

검정 속에는 늘 석탄 같은 불꽃이 가득했다
검정에 무엇이든 다 있는 게 틀림없었다
보라색도 좋지만 탄광 속에서 캘 수 있는 건
검은색뿐이었고 성냥불에도 즉시 폭발하던
무지갯빛의 검은색뿐이었는데

이제 더는 못하겠다 나는 완전히 틀려먹었다
탄광이 비었을까 봐 더는 지하 갱도로
내려가지 않는다 여기 어둠을 발견했다고 기뻐 소
리치지
않는다 그토록 자주 소리치던 검정이었는데

정말이지 더는 못하겠다 낯선 라벤더밭에서 머리
를 수그린다

너무 얕봤다 처음부터
나를 망치는 건 항상 나다 낯선 보라색 들판들
숙소에 돌아와 모조리 토한다
혀와 목 저 안쪽이 보라색일 거다

라벤더꽃은 본 적도 없던 시절
나는 젊었고 꽤 순했고 마음이 자주 아팠고
지하도 계단을 동정했고 예술과 불행을 믿었다
검정 속에는 석탄 같은 불꽃이 가득했다
검은색만이 모든 걸 가진 게 틀림없었다
보라색도 좋지만 탄광 속에서 캘 수 있는 건
검은색뿐이었고
불꽃 없는 성냥에도 즉시 폭발하던 무지갯빛의 검
은색뿐이었는데

더는 못 하겠다
더는 내려가지 않겠다고
손을 뗀다

여행의 리얼리티 1

고무줄과 전선이 날파리처럼 꼬일 때
목과 두 눈동자가 뒤통수에 가 붙을 때
사랑한다는 고백이 진심일 때
외로움을 오래 보관하고 싶을 때

낡은 외투를 세탁소에 맡기고 그대로 줄행랑친다

납작해진 코를 부풀리기 위해
혹은 더 깨끗이 밟아 파묻기 위해

입술에 손가락을 대는 것
폐업한 나라의 흥망과 성쇠의 전말을 듣는 것
낭만과 실망은 같은가 다른가
나,라는 이상함을 메고 끌고 들고
길을 걷다가 멈춰 서서 울어도 창피하지 않은 것
하루에 열 번씩 이름을 바꿔도 탄로 나지 않으며
바다와 목재와 지붕의 서로 다른 가치들
지폐와 동전을

손바닥에 모조리 꺼내 놓고
알아서 집어가라고 주인을 뒤바꾸는 것

구기 종목의 관중이 되는 것
구름의 수입과 지출을 헤아리며

아무튼 바퀴와 날짜를 사랑하는 것

아버지는 설탕 체질이셨다

길고 험한 여행을 취소했다 날아갈 것 같다
나는 여행 체질이 아니다
나는 앉은뱅이
자괴심을 많이 타고난 체질이다

아버지의 취미는 밥에 설탕을 붓거나
달착지근한 분유 마시기였다
하지만 빼빼 마르셨다

또 어깨가 아프다 방향들이 나를 찢는가

확실히 나는 여행 체질이 아닌 것도 아니다
어느 치약이나 통장이 더 좋은지는
확신이 없지만
입이 쓴 사람한테
마음이 가는 점만은 괜찮은 체질이고
싸구려 민박도 마다치 않으며
어차피 다 바탕은

고통이거나 고독이란 믿음도 꽤 괜찮다

설탕을 자꾸 밥에 뿌리던 아버지는
위가 상해
일찍 돌아가셨고
나는 그처럼 다디단 체질은 아니다

청춘이 시키는 일이다

낯선 읍내를 찾아간다 청춘이 시키는 일이다
포플러나무가 떠밀고
시외버스가 부추기는 일이다

읍내 우체국 옆 철물점의 싸리비와
고무호스를 사고 싶다
청춘의 그 방과 마당을 다시 청소하고 싶다
리어카 위 잔뜩 쌓인 붉은 생고기들
그 피가 옆집 화원의 장미꽃을 피운다고
청춘에 배웠던 관계들
언제나 들어오지 마시오 써 있던 풀밭들
늘 지나치던 보석상 주인은 두 다리가 없었다
머리 위 구름에서는 언제나 푸성귀 냄새가 코를
찔렀다
손목부터 어깨까지 시계를 차도 시간이 가지 않던
시간이 오지 않던
하늘에 1년 내내 뜯어 먹고도 남을 만큼 많은 건
좌절과 실패라는 것도 청춘의 짓이었다

구름이 시키는 대로 하다가 고개가 부러졌던 스
물셋
설욕도 못한 스물여섯 살의 9월
새벽 기차에서 내리면 늘 바닷속이었던
하루에 소매치기를 세 번도 당했던
일주일 전 함께 갔던 교외 찻집에 각각
새로운 연인과 동행했던 것도
어색하게 인사하거나 외면했던 것도 언제나
청춘이 시킨 짓이었다

서른한 살에도 서른여섯 살에도
계속 청춘이라고 청춘이 계속 시키며
여기까지 오게 한 것도 다 청춘의 짓이다
어느덧 불 꺼진 낯선 읍내
밤의 양품점 앞에서
불 꺼진 진열장 속 어둠 속 마네킹을 구경하다가
검은 마네킹들에게 도리어 구경당하는 것도

낯선 읍내 심야 터미널 시외버스도
술 취해 옆 건물 계단에 앉아 우는 남학생도
떨어져 흔들리는 공중전화 수화기도
다 청춘이 불러낸 짓이다

그 수화기 떨어지며 내 청춘 끝났다 절규하던 목
소리도
그 전화 아직 끊기지 않았다는 것도
지금이라도 얼른 받아보라고
지금도 시키는 것도 청춘이 시키는 일이다
아직도 시킨다고 따라나서는 것도
아직도 청춘이 시키는 일이라고 믿는 청춘이
있다는 것도 다 청춘이 시키는 일이다

중장비론

1.

화단에 선 2층 높이의 나무를 보고 이사를 결정했다
이전에도 은행나무 때문에 무작정 이사했던 적이
있었다
그러나 봄이 다 가도록 겨울나무 그대로였다
죽은 것 같았다
6월이 되자 엄청난 중장비들이 왔다

2.

세 대의 중장비도 어쩌지 못했다
아무리 자르고 베도 나무는 꼼짝도 하지 않았다
중장비가 안절부절못하는 걸 처음 봤다

3.

결국은 셋 다 손을 떼는 듯했다
성과도 없이 너무 지쳤는지
돌아갈 엄두도 쉽게 못 낸 채 화단 옆에 그대로 주
저앉았다

4.

그 중장비들

거의 한 달을 그 자리에서 건너편 나무와 함께
햇빛을 먹고 자고 비를 마시고 별을 보고
달빛을 받았다.

5.

어느 날 중장비들에게서 슬쩍 연둣빛이 올랐다
곧 새순이 돋기 시작하더니 금세 온몸이 푸르러
졌다
그 몸 일으켜 나무에게 가자

손도 대기 전에
거대한 나무가 쿵, 옆으로 누웠다

나, 라는 모자이크

멀리서 보면 사람이지만

가까이에서 보면
28개의 우산과 6천 10여 개의 벚꽃잎과
50자루의 별빛과 17대 트럭의 자두와 반창고
17개의 읍내 우체국과 113개의 골목과
4만 2번의 기도와
360개의 연필과 지우개이길 바라지만

실은 검은 머리카락 한 올
포도송이 뒤편 아래쪽에 끼인 일그러진 포도 한 알
배 갑판 위에 떨어진 과자 부스러기
여행지 여관의 세면실 천장 끝 타일의 깨진 금
아무리 떨어져 나가도
전체를 곤경에 빠뜨리지 못하는

바람에 뒤집히는 치마
차표에 번진 눈물 자국

오래된 어떤 노래의 리듬 한마디 정도만 되어도
아주 훌륭할 텐데

멀리서 보면 사람이지만

가까이 가서 보면
133개의 죄와 1,330개의 혐의가 넘는
끝내는 예외 없이 붙잡혀 가 모자이크 처리될

숨소리들

실패들

이슬비 흉내에도 실패했다
소의 눈망울도 흉내 내지 못했다
바닷가 모래밭에 엎드려 자는 데에도 실패했다
공연장 계단을 오르다 발목을 찧은 할머니
무섭게 피가 쏟아지는데
늘 갖고 다니던 일회용 반창고가 그날따라 없었다

그날따라 없는 것들
귀여운 금요일 오후
성가심을 깎아낼 손톱깎이와
태풍을 묶을 머리끈
실패를 조그맣게 만들 안경

머루나무처럼 크는 데 실패했다
「알함브라 궁전의 추억」 연주에도 실패했다
얼굴 검은 고양이를 끝까지 책임지지 못했다
골목과 서재를 가진 집에서
수녀가 되는 데 실패했다

만사 제치고 달려와줄 친구가 있을까
언제고 달려가주겠다
손 내밀 손이 내 손에 있을까

언젠가 여의도 일터 근처 새벽 술집에서
혼자 울던 신사복 남자
낯선 나라 골목 끝 등불 켜진 선술집에서
그 남자 흉내 내는 데도 실패했다

페인트 갓 칠한 문에 손자국이 크게 나 있다

오늘의 결심

라일락이나 은행나무보다 높은 곳에 살지 않겠다
초저녁 별빛보다 많은 등을 켜지 않겠다
여행용 트렁크는 나의 서재
지구 끝까지 들고 가겠다
썩은 치아 같은 실망
오후에는 꼭 치과엘 가겠다

밤하늘에 노랗게 불 켜진 보름달을
신호등으로 알고 급히 횡단보도를 건넜으되
다치지 않았다

생각하면 티끌 같은 월요일에
생각할수록 티끌 같은 금요일까지
창틀 먼지에 다치거나
내 어금니에 혀 물린 날 더 많았으되

함부로 상처받지 않겠다

목차들 재미없어도
크게 서운해하지 않겠다
너무 재미있어도 고단하다
잦은 서운함도 고단하다

한계를 알지만
제 발목보다 가는 담벼락 위를 걷는
갈색의 고양이처럼

비관 없는 애정의 습관도 길러보겠다

무릎을 끌어안다

구두 수선소들 문 닫을 시간
게와 거북이 들 손발 거둘 시간

청색의 저녁 창 앞에 앉아
두 무릎 잔뜩 끌어안으면
동그랗게 말린 몸
금세 옛날식 검은 레코드판이 되고
그 까맣고 납작한 바닥에서 첫사랑들
몇 명이고 걸어 나온다

상처의 가늘디가는 길을 따라 나오는
남자들 음성

이토록 바닷가 소라 껍질 같은 거라면
진주잡이 합창이라면
얼마든지 더 많은 상처였을걸

두 무릎 끌어안을 때만

사라진 그 음성들 돌아오고
사라지느라 어깨를 부수고 콧등을 떨어뜨리고
발을 밟고 갔어도
검은 길 돌아와 노래가 되는 시간
바닷가 합창이 되는 시간

내 정식 취미는 갈수록
게와 거북이
웅크린 무릎과 검은 레코드가 되어간다

육식성의 아침

누가 채소만 먹는가
누가 채소만 먹으면 귀가 청명해지고
목이 길어진다 하는가
채소를 먹으면 채소의 피를 갖고
동물을 먹으면 동물의 피를 갖는 식탁은 없다
비를 맞는다고 비가 되거나
별을 본다고 별이 되지는 않듯
피는 다른 문제

천둥 벼락 그친 뒤의 공기와
너무 피어 뒤집힌 장미꽃들이 불러일으키는
오늘의
식탐

무엇이 고마웠는지
저 먹고픈 쥐 한 마리 문 앞에 놓고 간
고양이의 인내를
따라가도 좋겠으나

눈동자가 없는 채소만으로는
진정한 식사의 슬픔을 알 수 없다며
오늘도 아침부터

육식을 한다

거리의 초대

등(燈)축제라는데 나는
어둠을 구경하러 간다

어둠은 무거운 걸 많이 들어
팔이 근육질이다
잡힌 사람들은 발버둥을 친다
내려놓으면 서로 재밌었다고 한다

천변에는 구경꾼들보다 김밥 장수가 더 많다
어둠 속에서 김밥을 먹은 적이 있다
두 번이었다
한 번은 방문 밖 마당의 축제 때문이었다
초대받지 못했으므로 없는 척 불 꺼놓고 먹었다
한 번은 옆방의 파티에 초대받아서였다
초대가 싫어 없는 척 불 꺼놓고 먹었다

두 번 다 김밥은 식었고
하필 물 한 모금도 없었다

초대는 잔인한 데가 있다

없는 척하는 것보다 힘든 쪽은
정말로 없는 취급을 당할 때다
물론 누구나 아는 얘기다
거리엔 김밥 장수가 넘치고

등에서 나오는 빛들이 조악하다
서둘러 다시 어둠의 팔짱을 낀다

전문가

1

남탕의 이발사 할아버지는
일인당 최소 네 시간씩이다
아이는 코를 중심으로 부채꼴로,
청년은 이마를 중심으로 정삼각형으로,
대머리 아저씨는 형광등을 기준으로 깎는다

기준이 네 시간인 가위질
머리통을 새로 달아주느라
남탕 바깥까지 언제나 쩌렁쩌렁하다

2

네 시간은 누구의 시간인가
대문 하나 칠하는 칠장이의 시간인가
마당가 수국꽃들 하루치 물 길어 올리는 시간인가

막다른 골목길에 연못 파는 시간인가
숨겨둔 애인 찾아와 머물다 가는 시간인가

네 시간쯤 눈물이 계속 흐를 수 있을까
인생의 마지막 네 시간에 무엇을 하겠느냐는
질문은 얼마나 낯뜨거운가

3

들어가본 적 없는 남탕
그곳에 귀를 댄 채 네 시간째다

밤, 기차, 그림자

밤은 무엇을 하는가
기차는 무엇을 하는가
좁은 골목은 무엇을 하는가
물안개 속 강은 무엇을 하는가
물을 건져 올리는 그물
손 닿지 않는 바다와
하늘은 무엇을 하는가

사과는 썩고
피부약은 뚜껑 밖으로 흘러넘치고
내의는 뒤집히고
구두는 떠나가고

어둡던 보관 창고가
한꺼번에 열려버린 그날

그 밤에 비는 무엇을 하는가
눈송이들은 무엇을 하는가

기차는 무엇을 하는가
기차를 탄 밤은 무엇을 하는가

나는 무엇을 하고
세상은 무엇을 하는가
세상이 무엇을 할 때 나는 무엇을 하는가
내가 무엇을 할 때
세상은
밤은 어디에서 무엇을 하는가

난독 ― 밤의 가스파르

음악책을 읽는다

「밤의 가스파르」를 자꾸 밤의 가스등이라고 읽는다
밤의 가파름이라고 읽는다
밤의 파스라고 읽으면 좀 시원해진다

그건 실은 초절기교의 피아노곡 제목이다
초절도 자꾸 기절로 읽힌다
상관없다 둘 다 초절정의 난이도다
손가락과 손가락 사이가 찢어질 수도 있다
피아노 위가 온통 피에 물들을 수도 있다

그렇게 살지 못했다
아니다 그렇게 살았다
스물다섯 살쯤이 피의 절정이었다
한 번 도달했으니 장차 늘 초절정일 줄 알았다
기교마다 최고조에 이를 줄

음악책을 듣는다 요정과 교수대, 물백합과 스카
르보
　　스카르보를 자꾸 스카보르로 읽는다
　　「스카보르의 추억」의 노래 속 스카보르
　　추억이 흘리는 피는 붉지도 않은데
　　아프기가 절정이다
　　손도 대지 않는 기교가 대단하다

　　누구에게나 대단한 기교가 있긴 하다
　　다들 손도 대지 않고
　　세상에 나오지 않는가

　　그 손으로 무슨 기교를 얼마큼 더 부려야 하는지
　　손바닥이 찢길 듯
　　가파르다

* 라벨의 피아노곡.

과일이라니

자몽 들어보셨는지요
쓰면 시지나 말지라는 뜻이죠
시지나 말면 쓸모가 있을까요
뜻대로 되는 일이 많으신가요
태어나기를 그렇게 태어나셨나요
벌레가 입술에 잔뜩 묻었네요 불길하네요
수박 같은 무덤도 하나 사시죠
크면 쪼개도 팔아요
내가요? 내가 정말 그렇게 말했어요?
무덤을 판다구요?
무던을 잘못 들으셨겠죠
제발 눈과 귀의 각도 좀 낮춰 조정하세요
은행잎이 바나나 레몬같이 얼굴 두꺼워지는 게
꼭 세월 탓일까요

과일이라니, 꼭 누구 등치는 일 같잖아요
다음엔 지구는 과일이 아니라는 내 학설도 꼭
맛 좀 보시길요

전대미문(前代未聞)

그녀가 떠났다
그가 떠났다

독사진 속으로 구급차가 들어간다
눈동자가 벽에 가 부딪힌다
방석이 목을 틀어막는다
안개가 촛불에 제 옷자락을 갖다 댄다
우편배달부가 가방을 찢어버린다
가로수가 일제히 자동차 위로 쓰러진다

숨을 멈춰도 끊어지지 않는다

누가 누구와 헤어지는 건
언제나

전대미문의 일정이다

2부

오후 4시의 오래된 거짓말

매일 오후 4시까지만이다
손목을 움켜쥔 나사를 따르기로 한다
지폐를 헤아리기로 한다
나는 프리랜서니까 9시와 6시의 규칙이 싫어서
프리랜서가 되었으니까
그리고 나는 시인이니까
오후 4시까지만 목을 내놔야지 발등을 찍어야지
오후 4시 아무리 늦어도 5시까지는
샐러리맨보다 한두 시간은 일찍 자유로워야지
그러기 위해 일도 수입도 단호히 줄였으니까
오후 4시까지만 아무리 늦어도 5시에는
단숨에 신분을 바꿔야지 내 손으로 칭칭 동여맨
것은
내 손으로 끊어야지
1분도 더 할애할 수 없이
4시 정각에 나는 직업을 버리고
예술가로 넘어가련다

오후 1시

,가 지나간다
어디 있는지 모를 맹장처럼 지나간다
호소 같은 건 필요 없다는 듯
나도 호소할 마음은 없다

2시의 표정도 다르지 않다
엄살을 부릴 마음은 없다
다만 오른쪽 배가 조금씩 아프다
맹장 쪽인가 돌을 많이 먹으면 막힌다고 들었다
아니 터진다고 들었다

3시 9분은 휙, 다가온다
족제비처럼 본 적도 없는데 잘 아는 동물인 듯
휙, 사라진다
3시 29분

애초에 체급이 달랐다
맹장이 아니어서 응급실엘 가지 않는 게 다행이다

오후 4시마다 나는 막혔거나 터진 배를 움켜쥐고
고의적으로
주저앉는다

연애의 횟수

그 나라 입국할 때는 기록해야 합니다
그러니까

밤의 횟수를

가령 검은 눈물 자국
베개를 지나
침대 밑으로 죽은 팔처럼 길게 흘러내린 밤

그렇게 죽음의 태도를 지녔던 첫 결별의 밤
스물한 살의 봄이었는지
열일곱 살의 책가방 든 가을 고궁이었는지

서른다섯 살까지는 몇 번의 태도가 있었는지

가장 최근에는 누구였는지

온 생에 단 한 번의 태도도 없었던

불행한 자를 제외한 누구나

실연의 피격(被擊)과 가격(加擊)의 횟수를
실명과 주소까지 낱낱이 기입해야

골목의 모양과 부피가 다른
지도를 허락하는

밤의 입국심사서를 써야 하는 나라가 있습니다

체리의 계절

제라늄 레몬 체리와 치비타베키아 브라티슬라바 혹은 포르토—매운 일을 당해 속이 쓰라릴 때면 항상 먼 서양 마을을 생각한다 멀수록 멀어서 눈부시게 환하고 따뜻한 체리의 고장들

가까움은 싸움과 상처의 위치 가까이 있어서 싸운 대부분의 나라들 고기나 찌갯집엘 우르르 몰려갈 때 바로 옆이나 앞자리 사람이 그날의 유쾌와 불쾌를 좌우하듯 항상 가까워서 싸워야 되는 매일의 국경들 전쟁과 평화의 위치와 거리에 항상 손목과 목을 걸어야 하는 가까움들

먼 거리 외에는 아무것도 위로가 되지 않는 그러니까 제라늄 체리의 날이 있다 옆에도 앞에도 사람들 북적이는데 사람이 없어 가장 먼 서양까지 가서야 마음 놓고 눈물을 쏟을 수 있는 날 멀수록 다정하고 따뜻한 체리의 고장 레몬의 계절들

먼 서양 마을에서는 제니나 애슐리가 동양의 한 마을의 내 자리를 그렇게 떠올리겠지 멀어서 위로가 되는 마음대로 울어도 부끄럽지 않은 곳 내 자리가 채송화 달맞이꽃이 그들에게는 먼먼 체리의 계절 라벤더의 고장이겠지

세상은 그렇게 어디나 체리와 라벤더 쑥부쟁이 좀 개미취의 고장

나의 유럽풍

나의 유럽풍을 탓하지 말 것
어린 한국 계집애가 너무 울었으니
주황색 대문에 함박눈이 내리던 골목
그 끝 이층집 소년은
아깝지만

소녀에게는 비행기가 주는 낭비가 필요해
샌프란시스코나 프로방스가 필요해
잠자리 날개처럼 얇고 투명한 식사가 필요해
말귀가 안 통하는 웃음이 필요해
낯선 계단을 가진 현관이 필요해
어금니가 입만큼 자랐지만 필요해

가로등을 올려다보는 새로운 방식
구시가지 돌길 위를 걷는 또 다른 방향
라벤더 들판을 보는
모자 밑으로 가만히 흐르는 눈물의 방식까지

5년 만에 보는 친구의 아침 식사는
자몽 한 개와 크루아상 반쪽
그녀의 불란서식 이름을 외우며
체리 껍질 같은 햇빛 속

종일 녹색의 노천 의자에 앉았다가

탁자 위 계산서에
비행기 한 대 값의 시간을 놓고 일어서는
낭비가 필요해
아직도 파산이 필요해
허영과 사치가 아직 도와주어야 해
아직도 우는 계집애를

겨우 몇 개월

겨우 몇 개월 아침에 일어나면
그립다.
햇빛이 벽에
가을의 세 글자를 써놓고 간다
환한 그 빛에도 밤의 별들 채 돌아가지 못하고
그 앞을 서성인다.

나도 아직 돌아가고 싶지 않다
게르만과 고딕의 체격을 가진 침대에서
추워지는 저녁 공원에서
날마다 보러 가는 옷가게 검정고양이 앞에서
무엇을 위해 여기 있나
흰 소금 같은 현기증
트렁크도 놔둔 채 당장 돌아가고 싶지만

돌아가는 건 시드는 일

아직 줄지어 앉은 저 책상 같은 지평선들

다 읽지 못했다
알아듣지도 못할 거면서
네 나라의 가을 얘기를 해보라는 은행나무들
아직 다 말하지 못했다

아직은 더 낯설 때
가을의 세 글자
그립다
불붙은 편지 한 장 들고 벽을 다 태워도

아직 더 서성거려야 한다

어떤 여름 저녁에

한여름, 선풍기에서 나오는 약풍 혹은 미풍이란
글자들
처음 사랑의 편지 받았던 촉감일 때가 있다

크게 속상하고 지친 울음 거두고 마악 여는 문
경첩에서 흰 갈매기들 바닷물 닿을 듯 낮게
마중 나올 때가 있다

극도로 줄이거나 높인 음악 소리 속
가본 기억 없는 모로코 사막의 터번 두른 낙타
눈 아픈 모래바람 앞서 가려줄 때 있다

유리창 너머 시원한 액자 속 흰 양떼구름들
살아 움직이는 활동 사진처럼
갈래머리 계집아이의 어린 설렘 되감아줄 때 있다

어떤 여름 저녁,
그 모든 것들 한꺼번에 밀려 나와

더위보다 큰 녹색 수박의 무수한 조각배들

잊을 수 없는

석양의 출항을 시작할 때가 있다.

흑앵

크고 대단한 존재가 될 듯한 하루이므로

화분에 물 준 것도 오늘의 운동이라 친다
먼 사바나 누 떼를 만지고 온 알래스카 형상의
흰 구름 떼도
오늘의 관광이라 친다
어지러운 머리카락을 조금 다듬었음은
오늘의 건축이라고 치고

오늘의 외출복은 오늘의 간접 화법
찻집 유리창 틀 먼지 한번 훅 분 것은
오늘의 자유
갑자기 쏟아지는 비는 오늘의 숙소

돌아보면

저 젖은 우산 냄새를 청춘이라고 치고 떠나왔음을
해마다 둥그런 필름통 한 겹씩 감았을 가로수들

거기 낱낱이 찍혔을 순간들
이제야 값지게 되찾으려 흑백의 나뭇잎들
치마처럼 들춰보는 추억은
오늘의 범죄라 친다
많이 되찾고도 여전히 산뜻해지지 않는 날씨는
오늘의 감옥

노랑무늬붓꽃을 노랑 붓꽃이라 칠 수는 없어도

천남성을 별이라 칠 수는 없어도

오래 울고 난 눈을 검정 버찌라 칠 수는 없어도

스물두세 살의 젖은 우산을 종일 다시 펴보는
이 때늦은 그리움을
오늘의 위대함이라 치련다

쓰레기

시계의 째깍, 째깍 소리가 가끔
찌꺼기찌꺼기거나 쓰레기쓰레기거나
짹짹짹짹짹짹짹짹으로 들린다
그래서 시계와 새와 찌꺼기와 쓰레기가 싫다

지하 계단에서 무심코 옷을 털었다가 혼났다
그 먼지가 다 어디로 가겠느냐는 것이다
밖에서 턴 먼지는 어디로 갈까

먼지 같은
우주와 사색은 다 어디로 갈까

몸에서 가끔 의자 질질 끄는 소리가 난다
그런 날 저녁은 의자 부서지듯 온다
갯봉선만도 못한 하루다
이마에 폐건전지가 든 것 같다
그래서 몸과 의자와 저녁과 갯봉선과 이마와
폐건전지가 싫다

먼지들이 되돌아온다
어디서 털어야 하는가
대체 먼지의 안과 밖은 어디인가

만재흘수선

그해에는
바람 만드는 법을 배웠으되 아무 데도 가지 않았다
괜찮았다

다음 해에는
내 삶의 전략이 나쁨임을 눈치채고 모두가 떠나
갔다
그것도 괜찮았다

가령 내 키가 형편없는 건 너무 일찍 비애가
머리를 눌러서였을 텐데 그것마저 괜찮았다

어느 해에는 바다에 나갔다가
선박 옆구리에 그어진 세 단계의 선을 봤다
만재흘수선
— 여기서부터 침몰입니다. 곧 침몰입니다, 침몰
시작했습니다.
출렁대는 경고선들

내 침몰의 세 가지 〈만재흘수선〉은

　　라일락과 본동가칠목과 슬로바키아

　　불안과 공황과 흰 동전들

　　침묵과 기러기와 다정

　　노란 고무 슬리퍼와 책상과 자신이 내 엄마라는
남자

　　다 적을 수 없는

　　기울기와 가라앉음과 잠김

　　그래서 바닷물에는 절대 발을 담그지 않는다

양털 코트와 내력

미국 아이오와 국제 작가 프로그램 가면서
흰 양털 코트 하나 샀다
3개월 입다가 버리기 쉽게 모조품 3만 원짜리
돈도 아니다 코트도 아니다 양털도 아니었다

곧 어깨솔기며 밑단이 돌아가며 뜯어졌다
주머니 바닥도 머리가 들어갈 만큼 벌어졌다
양털도 아니다 코트도 아니다 사람도 아니었다

그러나 갑자기 재미가 들렸다

달력을 뜯어 현관 바닥에 깔고
손톱으로 치약끝을 긁고
빵 한 조각을 천장에 매달자

세숫비누처럼 맑아지던 단추들
횡단보도처럼 친절해진 장래희망들
갑자기 영하로 떨어진 초가을 더 높던 새들

며칠 만에 다시 여름으로 오르던 초록 풀밭들

어두운 숙소 격자무늬 천창(天窓)으로
빵 부스러기처럼 별빛들 떨어져 내리고
푹신한 이불처럼 흔들대는 빵 조각

양털이었다 코트였다 사람이었다

소읍 기행

소읍의 식당에 앉아 야바위꾼처럼 수저를 돌려본다
음식 솜씨 없어도 식당을 해야 하는 주인과
맛없어도 먹어야 하는 손님
더 괴로운 쪽을
숟가락이 정하도록 한다

발목보다 손목이 편하다고는 할 수 없다
귀가 무릎보다 많은 걸 들었다고도 할 수 없다
숟가락은 멈출 생각이 없고
창밖으로 찌든 머리와 무릎 나온 추리닝과
3월 추위 속의 슬리퍼가 자주 지나간다

간신히 모래를 털고 나서는 식당 문
수저가 구두를 향했다
낯선 곳에서는
구두 굽이 달아나야 제격이다

비교적 싼값에 새로운 걸음을 얻었는데

순식간에 날짜를 착각한 폭설이다
불에 덴 것처럼 차갑고 추운데
옷이 없다 이번엔 외투를 사야 하나

겨우 10분쯤이었다
나도 잘 안다
5분에서 10분이면 그칠 일을 무섭게 저지르고 보
는 것

어느덧 구식 다방
솜 뜯긴 창가 소파 자리를 권하는 어둠
얼굴 짙은 마담을 찾아온 중년의 아저씨들

낯 뜨거운 농담을 들으며
마담과 남자들과 밤
모두를 향해 다시 수저를 돌려본다

그의 달력 공부

그는 볼 때마다 뚫어지게 달력을 공부 중이다
제발 빨리 지나기를 기다리든가
제발 빨리 와주기를 기다리든가
날짜 속에 언제나 뭔가가 있는 거다

1년 내내 장갑을 끼고 싶다는 여자친구
양말을 30켤레씩 사놔야 잠이 온다는 어머니
머리 감겨준 동네 미용사와 결혼한 늙은 박사 선배

달력 공부가 깊어지면 미친다
세수를 하면서도 연애를 하면서도 달력 때문에
미친다
음력은 음력대로 양력은 양력대로 충격이어서
피곤한 날은 입술 대신 달력이 부르튼다

건강을 다짐하는 1일
지출이 확성기를 드는 월말
첫사랑의 배신을 떠올리게 하는 9월

새털같이 부드러운 종이는
달력에 어울리지 않는다거나
빽빽이 적어놓은 날이라고
더 보람 있는 건 아니라는 정도는 알지만

볼 때마다 뚫어지게 공부하면서도 누가 물을 때
마다
아무것도 모른다고 대답하는 건
오늘이 오지 않은 채
숫자 뒤편에 언제나 뭔가가,
언제나 누군가가 숨어 있어서다

다녀오다

다녀오면 언제나 잘 이어지질 않는다
더 잘 잇거나 최소한 같아야 하는데
똑같은 곳인데 잘 이어지질 않는다
나이와 잠과 돈과 인내와 교제와
끊길 수 있는 건 다 끊긴 듯

다녀오면 다리가 뻐근하도록 잠이 안 오고
종일 사과꽃 지는 소리만 들리고
있던 게 두렵고
없는 게 거슬리고
다녀왔으니 양말만 벗고 가방만 풀면 그만인데
가방은 열리지 않고
양말은 수치스럽고
폭풍우는 창문마다 들이치고

애인에게 다녀온 사람들
우체국에 다녀온 사람들
술집에 바다에 야구장에 다녀온 사람들

점술가의 집에 동창회에 백화점에 다녀온 사람들
통영이나 춘천, 라오스에 페루에 프랑스에 다녀온
사람들
다녀와서도 모두 잘만 그치는데

자꾸 이러면
허황이거나 허무라고
횡단보도 한가운데
구두 뒷굽이 통째로 떨어져 나가는데

다녀만 오면 손끝까지 잠이 안 오고
대체 거기 무엇이 있기에
무엇이 있었기에
종일 비가 내리고
혹인지 매듭인지 구멍인지 파도인지
벌레인지 무덤인지

다녀만 오면 앞니가 벌어지는가

마흔

이목구비에 직업이 새겨지기 시작했다

모든 움직임이 다 정물화다
채집표의 압정처럼
꽃 옆에 해골이 놓이고
과일은 스스로를 썩힌다

손가락과 발가락이 서로 닮아간다
구두코와 코끝도 서로 비슷해지고

생일 케이크 위의 촛불 개수는
집과 달력을 모조리 태우기에 넉넉하다

친자 확인에 실패한 식탁
숟가락이 된 목
늘 너무 일찍 끝나버리는 잠

그래도 다시 구두를 닦는 시간

어딘지 끈질기게 불빛 반짝이는
저녁의 정거장
내려놓은 어깨를 다시 집어든다

대한 늬우스

20세기에 성격 제멋대로던 친구는
21세기가 되면서
어린아이를 네 명이나 입양했다

또 다른 친구는 이미 20세기부터
하루에 108번씩 두 손과 무릎이
새까매졌다

유효기간이 2년이나 지난 꽃씨가
싹을 틔웠다

나로서는
'희망'의 반대말은 '희망을 놓지 못함'
동의어는 절망
자동차 옆 유리엔
사물이 보이는 것보다 가까이 있지만
옆에 앉은 사람은 늘 보이는 것보다 멀리 있다고
나로서는

아무리 애써도 지상에 없는 두 가지는
'정처'와
'형언'
잦은 자책도 정열이라며

그래도 재난과 행운에
공평하려고 애는 쓰나

아직 멀었다는 소식이다

수첩

도장을 어디다 두었는지 계약서를 어디다 두었는지

구름을 어디다 띄웠는지 유리창을 어디다 달았는지

적어놓지 않으면 다 잊어버린다

손바닥에 적기를 잊어버려
연인도 바다도 다 그냥 지나쳤다
발꿈치에라도 적었어야 했는데 새 구두가
약국도 그냥 지나쳤다

시간도 적는 걸 잊자 한 달 내내
양파가 짓물렀다
토끼똥이 한가득씩 어깨로 쏟아졌다

때론 살아 있다는 것도 깜박 잊어버려
살지 않기도 한다

다만 슬픔만은 어디에 적어두지 않아도
목공소 같은 몇만 번의 저녁과
갓 낳은 계란 같은
눈물 자국을
어디에고 남기고 또 남긴다

굉장한 날입니다

굉장한 날입니다 남해 다도해엘 갔습니다
많이 갔지만 실은 가지 않았습니다
여객선 선착장도 등대도 알 겁니다
프라하에는 가지 않았지만 많이 갔습니다
구시가지 광장이 알 겁니다 해 질 무렵
연인의 이름을 목 놓아 부르던 여행객
잃었는지 도망쳤는지 알아도 알 수 없었습니다

스물몇 해를 살 때에는 살았지만 살지 못했습니다
말도 했지만 말은 하지 못했습니다
슬픔에도 많이 갔지만 실은 가지 않았습니다
기러기와 자운영꽃은 눈치챘을 겁니다

그러자 또 스물몇 해를 더 주시다니!
굉장한 신용입니다 굉장한 허술함입니다
청소와 기도는 이미 눈치챈 듯합니다
얼마나 더 가야 가지 않을지
잠들면 두고 내린다기에 눈도 못 붙이고

굉장한데 굉장함에 다 가지 않았던 시간들

후회지만 아직 후회는 아닙니다

권태

하루는 갈수록 반나절 만에 끝나고 개미의 등이 금
세 까매지는 저녁 어제와 내일은 다른 발음의 같은 뜻

아침과 저녁도 같은 뜻 커튼 같은 화장과 치마와
구두 이름이 바뀌거나 순서가 뒤집혀도 무엇이든 다
형제와 자매도 모든 병뚜껑과 현관과 층수도 같은
방법이다 방법과 방향도 같은 말 안 닫히거나 안 열
려도 상관없다

편지를 찢거나 전화가 울려도 거기서 거기다
애원과 거절의 횟수도 거기가 여기다

당장 죽어버리겠다는 그리움을 다시 구경하면
좀 나을까

가을의 충격

-1. 서울의 모 여대 도서관

무심코 책을 빼 들었다가
온통 흰 백지로 가득 찬 페이지들
눈 뜬 사람 읽을 수 없는 그 흰 요철의 충격으로
며칠이고
아무것도 볼 수가 없었다

-2. 마이너스

맹인처럼 눈이 나빴던 때가 있었다
마이너스 14 디옵터
뒤통수와 뒷일이 멀리까지 너무 자세히 보여
늘 머리와 이빨이 아프고 곤란했다

시력 수술 다음 날 갑자기
여고 시절 옥상과 분홍 유도화와 제1한강교와

첫사랑과 어둠이 마구 보이는데 의사는 당분간 절
대 울지 말라고 했다

1. 미국의 에밀리

일주일에 한 번씩 게스트하우스 청소하는
스물여섯 살 백인 여학생
동네 밖 미국은 구경도 못했다
하지만 네이티브 스피커
인터내셔널은 그녀의 발음으론 이너내셔널, 소문
대로 '티'가 없었다
주근깨는 많았다. 부모는 약간 있지만
서로 쓸모가 없다고 했다
9월 햇빛도
갑작스런 가을의 영하 추위엔 쓸모가 없다
시립도서관 앞에서 기다리던 에밀리, 입술이 파
랬다

곧 하루 두 끼로 식비를 줄여야 한다는 백인 여
학생
늘 배가 고프고 돈이 없고
늘 룸메이트와 싸우는 에밀리,
한국엘 오면 입만 열어도 매일 다섯 끼도 먹을 수
있을 네이티브 스피커
그래도 미국 떠날 생각은 없고
앞일 따위도 내다보지 않는 에밀리
금요일 밤마다 단골 바에 가자는 에밀리
그녀가 요즘 만나는 남자는 잘생긴 맹인 남자다

2. 금요일의 핏짜

매주 금요일 저녁은 이너내셔널 시 낭독회
늘 청중의 한 명인 독지가가 시킨 핏짜
납작한 핏짜 박스가 수십 층 온다

낭송되는 30여 개국의 번역 시들도 핏짜다
모든 뜻이 다 납작히 쓰러졌다
요철 없는 점자책들
에밀리에게 와서 피자,라도 먹으랬더니
발음이 나빴는지
시를 듣느니 차라리 굶겠다는 난해한 금요일

3. 피러

자정 무렵, 문밖에 와 있으니 나와보라는 전화
서울에서 온 장난 전화였다

끊자마자 에밀리가 전화해 그 남자를 바꿨다
그 남자는 맹인,
내 입에선 nice to see you,
그 남자는 피러,
내 발음은 핏터,

에밀리는 핏짜, 나는 피자.
시는 말장난 갖고 안 되는 피투성이

사실 낮에 핏짜는 배달 사고로 오지 않았다
에밀리가 앞일을 더 잘 내다본 것이다

시인의 봄

낯선 여직원과 서류 때문에
말다툼할 순간
유리창과 백목련 자목련 햇빛들
몸 기울여 구경 온다

입을 다무는 쪽만이 시인이 되는 것

그대도 어디선가는 분홍색 뺨이고 자목련이며
풍선 같은 애인이고 불쌍함이리라

소금 심어
벚꽃 한 됫박 얻는다

3부

오늘의 노래

편도선이 부었다 새빨갛게 귀까지 부풀었다
심장도 부었다 머리도 붓고 목소리도
비누 거품처럼 부었다

모두들 빗속을 뚫고 노래 부르러 간다 나도 부르
고픈
사랑 노래가 많지만 목에서 피가 날 것이다
그 목으로 중환자실에서 갑자기 죽은 사람을 안다

노래는 실패하고 모두와 헤어지는 길 코까지 부
었다
갑자기 비까지 사납게 부풀더니 막대기보다
단단해졌다 맞으면 목이 부러질 거다 다 끊긴
심야 거리엔 행인 하나 없고 우산도 없고
불빛도 없다 깜깜한 상점 처마 밑 잠깐 서 있어도
물에 닿은 빵처럼 곧 형체마저 사라질 것 같다
행방불명될 것만 같다 사방이 폭포 소리인데
목이 갈라지고 침이 안 넘어간다 목이 무섭다

몇 시간 전 지하 약국의 약사는 약을 다섯 갑이나
내밀었다
빚쟁이에 휘어잡혔는지 약에 취했는지 머리가
온통 헝클어져 있었다 술은 맘껏 먹고 노래만 부
르지
말라고 주의를 주었다 하지만 나도
불러보고 싶은 사랑과 이별 노래가 많다

평소에 자주 불렀어야 했다 실패를 만회하고 싶
지만
목에 소리를 대는 순간 목이 떨어져 구를 거다
서 있기도 무섭다 무서워서 뛰려는데 순식간에 발
목마저 삐끗하며
붓는다 구두마저 퉁퉁 붓는다 검은 연못 위에 주
저앉은 채
누구를 부르기에도 면목이 없다 면목 없는 게
다 합해서 제일 무섭다 그걸 아는 게 가장 무섭다
밤도 목도 점점 더 퍼붓고 검은 연못에는 점점 잠

겨가는데

　오늘도 노래는 완전히 실패다 가수도 아니니 괜찮
다지만

　이런 밤에 갑자기 죽은 사람을 안다

지나온 날짜들 너무 쓰라리고 갖고픈 날짜들 너무 먼

수첩 사고팝니다

손가락과 귀를 다친 수첩 오후 4시부터 환해지는 수첩 술 먹고 심야에 미친 듯이 전화하는 수첩 이틀 전에 따놓은 콜라를 마시는 수첩 겨울의 콘크리트 식당에 떨어진 김밥 색깔의 수첩 머리 뜨겁게 감겨주는 미용사를 사랑하는 남자의 수첩 나뭇잎도 거울도 너덜너덜한 수첩 옆자리 수첩을 몰래 넘겨다보는 수첩

해변가 모래와 양털이라고 쓰인,
러시아의 자작나무라고 쓰인,
쓸모없는 레몬빛 등불이라고 쓰인,
저녁 노을의 건축학이라고 쓰인,
복권과 첫눈이라고 쓰인,
어젯밤의 심야 영화관이라고 쓰인,
책을 모르는 나무들과 별빛이라고 쓰인,
겉옷이 예쁜 표범과 치타라고 쓰인,

순식간에 잡혀 버둥대는 사슴이라고 쓰인,

종이라는 얇은 피부
그 밑 맥박처럼 뛰는 미래의 날짜들
지나온 날짜들 너무 쓰라리고 갖고픈 날짜들 너무
멀었던

시간이 나를 빤히 쳐다본다

두 달이 함께 동여진 채 하루 만에 배달되었다
5분만에 시계 두 개와
자서전 3권을 말끔히 먹어치웠다
오후 3시에 다음 날 저녁 6시가 시작된다
역부족이다 내 힘으로는

역부족이지만
11월엔 군산이나 카사블랑카엘 가야지
24일엔 전생을 싣고 전쟁을 싣고 이삿짐 센터로
가야지
한자리 못 머무는 책임을 물어야지
운명은 3달에 한 번씩 꼬였다가
1년에 한 번씩 침을 뱉었다가
만난지 50일쯤이면 어김없이 반 토막 나는 게
무엇인지 나는 안다

어느 나무엔가 열매 대신 지폐가 달렸다는 소문
그러면 나는 바다를 살 텐데

31일에는 유리창의 시세를 알아보러 다녀야 한다
집은 없어도 창문은 있어야 한다
10년 뒤의 오늘 꼭 만나서 맞춰보자고
반씩 찢어 가졌던 우표는 지금 어디에 붙어 있을까

12월 31일의 흰 백지 속 흰 양 떼들
눈동자만 바글바글하다

1월 1일은 또 무슨 죄란 말인가
올해부터라도 하루에 꼭
하루씩만 보내달라고
나도 버릇없이 대들어야 하는가

껌처럼 입술이라도 길게 잡아 늘인 채
점점 더 우스꽝스러워져야 하는가

무슨 짓들

가을나무들이 무슨 짓을 한 것인지
혀가 단풍처럼 여러 번 갈라졌다
사랑한다는 말이 나오질 않는다 태어날 때부터다
유리창에 눈썹도 박혀 빠지질 않는다

양초는 바람만 불면 꺼지고
일찍이 한 남자와 한 여자가 만나서
새끼고양이였을 나를 아름다운 껍질은 없이
속만 낳았으니 무슨 짓인가

그 후 가령 잃어버린 고무 달린 발소리와
보드라운 배며 귀를 되찾으려
지금까지 무슨 짓을 했는지

혀에서 계속 깃털이 묻어 나온다
입술 밖 빠져나온 깃털을 수습하기도 전에
자꾸 당신이 지켜보는 바람에
고양이처럼 눈이 커졌다

당신은 다 괜찮다 했다

그래도 사랑한다는 말은 할 수 없다
태어날 때부터다
무슨 짓을 주고받을 건가
따뜻한 껍질을 서로에게 입혀주고
단풍잎에 또 혀가
갈라질 것인가

속도의 전략

네 개의 벽에 일곱 개의 탁자를 이어놓고
열네 가지의 일을 하라는 것

자동차 앞유리창에 스무 개의 일정을 붙이고
바람이 날리는 순서대로 해치우라는 것

피곤을 못 이긴 벽이 통째로 주저앉거나
때때로 밤공기를 붙들고 흐느끼면

여덟번째 탁자를 기다리는 몇 초씩
두 발을 잠깐씩
휴지통에 넣고 식히라는 것

모든 게 밋밋한 진행과 납작한 비중보다는
열렬하다며

단숨에 이름을 삭제해버리는 것

원시의 통증

　어둡고 깊은 동굴 벽이 나무 횃불을 치켜들었다
공포를 그리려는 것이다 축원을 그리려는 것이다 검
은 벽에 천천히 들소가 나타난다

　들소의 배에 창이 꽂힌다
　날뛰던 공포와 축원이 동굴 벽에 갇힌다

　동굴 밖 들소는 이미 벽에 갇힌 제 운명도 모른 채
들판을 마구 달린다 곧 창끝의 공포와 축원에 다리
가 꺾일 텐데

　무화과나무는 아무도 벽에다 그리지 않아서 갇히
지 않았다 달리지도 못한다 공포와 축원 바른 창끝
에 찔리지도 않는다

　폭설도 없는데 길에서 이렇게 무릎이 꺾이는 건
　누가 횃불 치켜들고 동굴 벽에 내 심장을 그려서
이다 거기 창을 꽂을 만큼 간절히 나를 원해서다

유리창 이력서

6월 하순쯤에 왔으니 유리창이—그 방에 그게 있었다면— 온통 붉은 넝쿨장밋빛이거나 진흙투성이 장맛비였겠습니다 온통 피와 다혈질만 갖추고 기다리던 가족까지 평생의 빨간색은 거기서 다 봤겠습니다

오직 유리창만 있었던 유리창이 온 동네를 깨우던 유리창이 폭설처럼 깨지던 유리창이 의자를 던지던 유리창이 내내 불 꺼지던 유리창이 가출만 꿈꾸던 유리창이 귀가를 주저하던 유리창이 서랍을 뒤죽박죽 뒤지던 유리창이 저주를 하던 유리창이 총 가진 경찰관과 연애하고팠던 유리창이 별빛도 없던 검은색을 떠안기던

유리창이 유리창이 유리창이 유리창이 (대하소설 분량으로 열 권도 넘게 반복할 수 있지만) 하루도 빼놓지 않고 동네 유리집만 부자 만들던 유리창이

118

아직 이십대 얘기는 운도 못 뗐는데 유리창 소리
너무 시끄러워서 이만 쓰렵니다

　숙식 제공에
　유리창 없는 곳만 있었어도 그날들⋯⋯

〈오렌지주스 캔을 누가 백금으로 만들겠는가〉

2007년 1월 아침부터 안개비가 가로등 불빛에 섞여 내렸다
커피와 빵 냄새 속 비행……기는 지연되고 초청단은
공항 근처 레스토랑에서 경제학자의 강의를 당겨 들었다

―가격은 사람들이 원하는 것에 대한 정보의 집약체죠
사람들이 무엇을 원하는가 얼마나 가치를 부여하는가
최고의 생산 방법은 무엇인가 값은 곧 그 물건,
그 존재입니다
가격이 없으면 당연히 교환도 안 이뤄지죠

실은 다 가격 때문이었던 거야 안 이뤄지는 사랑도
이별도 나와 그들의 가격 원하는 원치 않는 가격의
이마나 콧날이 등 뒤가 다른 가격

저 크레용 두께 같은 안개와 낭만의 가격이
모두의 발목을 묶어버리는 거지

—사회주의도 가격 제도를 얕보다 망했죠
인생의 먹구름들도 값을 얕봐서였나 먹구름이어서
값이 망한 건가 갑자기 유리창에 서리는
부러진 우산살들과 곰팡이 번진 구두와
6월의 장대비 냄새 11월의 나뭇잎, 그들의 가격
제도를
내가 얕봤던가 그들이 나를 얕봤던가

—오렌지주스 캔을 누가 백금으로 만들겠습니까
학자는 일월의 하늘 여기저기 가격표를 붙이고
나는 두 귀를 붉히며 그러니까 내 가격은 얼마쯤
인가,
진열대 앞에서 우왕좌왕한다

즐거운 이명

작은 검정 프라이팬이 귀에 들어앉아
나뭇잎을 뒤집어가며
햇빛도 굽고 빗물도 달구고
사과도 파먹고
포도씨도 멀리 뱉고 구름도 작대기로 털다가

경축 전보 왔다고 초인종도 몇 번씩 누르고
아니 위독 급상경요망이었던가
여하튼

전깃줄 위 참새들인가 했더니
까마귀 떼
턱시도 잔뜩 차려입고 나와서

빠른 즐겁게 그러나 약간 미쳐가는 듯*

——*피아니시모 페르덴도시 콘 모토

종일
불붙은 성냥개비를 휘둘러대는 마술

토사곽란

밤새 토사곽란이 찾아들다

심복창통
사지중저
골절번동
수족궐랭,

흉내 내기 어려운 한자식 통증들

뭔가가 너무 심했던 거다
비누와 계단과 상점이 상했거나
품행과 포도주색 양말과 대화가 떨어졌거나
가방과 저녁과 기차가 질겼거나
추억과 불운이 창궐했거나

물속 젖은 종이를
찢지 말고 들어 올리라는

빈 가죽이 되라는

곽란토리

냉장고

1.

어느 날 문을 열자
뜨거움 속에서
그토록 찾아 헤맸던 열쇠가 눈에 띈다

입이 얼어붙은
열쇠였다

2.

다음 날
또 열쇠를 잊고
불같이 화를 냈다

곧 후회했지만
이미 수치가 재앙이 된 뒤였다

3.

신선한 달걀에게도 끝내 곰팡이를 선사하는 힘
생선을 새까만 까마귀로 바꾸는 힘

항상 날짜를 읽어내는 힘

문을 열어 열쇠와 머리를 함께 집어넣고

차가운 짓을 그만할지
뜨거운 짓을 그만할지 의논한다

진화론

나는 동화를 읽게 되었습니다
지구라는 한 장의 활엽수에 대해
눈이 총총해졌습니다

그 넓은 엉덩이로 사슴을 낳고
사슴을 감추고 사슴을 들키고

밤이라는 식량으로 별을 키우고
그 별빛을 땅에 쏟아
가시덤불로 바꾸고

그 가시덤불의 위험 덕분에 결국은
아름다운 활엽수와

사슴이 태어났다는

후렴 노래를

총총 외우게 되었습니다

세상의 기척들 다시 쓰다

그곳엔 아직 가지 못했습니다
주황빛 가사(袈裟)는 너무 유혹적입니다

빗자루와 양탄자를 타고 석류 익는 페르시아 시장
에는
날마다 갑니다 캐스터네츠처럼 손뼉이
딱딱 잘 마주치지는 못해도 왼뺨과 오른뺨을 내
밀며
전쟁과 애정이 언제나 더 많은 걸 쥐려 하지만

물통을 두 팔 높이 받쳐 들고 구름 녹기를 기다려야
세수할 수 있던 곳
항복과 경배의 팔 모양을 바로잡아주던 곳
밀주를 마시던 사막의 저녁노을은 액자나 화병 같
아서
상처도 그만하면 벽에 걸 만하죠

그날은 언제였던지

어느 날 아무렇지도 않게
손등에 내려 앉아 떠나지 않던 노랑나비
믿기지 않지만 우리는 구면이었답니다
서로를 은행잎으로 착각했던 우리는
한 번 더 착각을 해야 할까요

또한 세상의 모든 것들 다 만들어내고
다 고장 내던 그 도시에서
아무것도 아니면서 다였던 것들
먼지가 아니면서 먼지보다 더한 것일 수는 없는

얇은 백합꽃 같은 구름 위에서 내려다보면
봄도 겨울도 같은 계절 같은 생각
바다 위의 수상가옥 한 채, 물 드나드는 골목들,
언제고 발밑을 찰랑이는 물의 기척과
팔에 서린 노(櫓) 자국
다만 수면을 스치는 햇빛의 굴절일 뿐

땅 위의 국경들 끝없는 듯해도
발밑은 언제나 같은 물속입니다

분수(噴水)

모르고 옷을 뒤집어 입고 나가는,

자물쇠로 열쇠를 여는,

쌓인 눈이 어깨에서 눈썹 밑까지 치미는,

원형 탈모의 새하얀 동그라미,

급하면 머리를 땅에 감추는 타조,

제 침으로 자신을 고정시키는 양초,

발가락으로 당신 입술을 핥는,

더는 바다에서 울고 싶지 않을 때,

다 그만두고 나도 모르겠다, 막 피어버린,

목련꽃들

불량품 소사(小史)

한 시간 전 창문 치수를 재어 간 유리집 아저씨는
대형 유리창을 한 뼘이나 모자라게 잘라 왔다
내가 미쳤네 미쳤어
구름 같은 대형 유리 두 장을 트럭에 다시 묶는 데만
휘청대며 40분째다

후회를 동봉해서 부칠 봉투면 돼요 서류 사이즈
백 장이 필요해요
2백 장이면 무슨 일이 닥쳐도 배달비가 무료라더니
너덜너덜너덜너덜 2백 장이 너덜너덜너덜너덜
무엇을 담아도 발가락이 곧바로 찢겨 나온다

산산조각은 조각 중이란 뜻인가요 서랍이 깨져서
의자가 되어 왔는데 주인은 말이 거칠다
당신 몰라? 인생은 안 바꿔주는 거요
일회요 영구불변은 없소 모든 건 조각이 나는 거요
책임은 모두 태어난 당사자에게 있는 거요

새 프라이팬은 불 위에서 수시로 넘어지고
알고보면
내 감정에 속았을 남자들
나를 속였을 남자들

그날 계단에서 사망한 그가 발을 헛디뎠는지
피살이었는지
함께 있던 여자만이 알겠지
그 여자의 심장이 불량한지 선량한지
밝혀주지 않는

신들의
불량성

식사라는 일

기러기 같은 입술
하루만 닿아도 은수저가 변한다 치약으로 닦아낸
헝겊이 새까맣다
　ー식사는 검은 침의 일

형광등처럼 새하얀 북극곰
너무 새하얘서 안 보일 지경인데
바다코끼리를 먹느라 가슴팍이며 다리까지 온통
다 피 칠갑이다
　ー식사는 피범벅의 일

치타의 눈 밑에는 검은 줄이 있다
사냥 때 햇빛의 방해를 막아준다
야구 선수들도 흉내 내는 그 검은 눈밑 차양
　ー식사는 신의 일

개미는 기차와 설탕통을 좋아하는데도 허리가 잘
록하다

나무들은 어떤 밥상에도 불려 다니지 않는다 앉아
서 잎만 벌리면 된다

　그 모든 식사가 서로의 꼬리를 문 채
　하늘로 날아오른다
　기러기 떼처럼 거대한 입술 하나
　구름을 먹으며 멀리 사라진다
　―식사는 소멸의 일

열쇠

자주 엉뚱한 곳에 꽂혀 있다

달력도 친구도 가구도
수평선도 라일락나무도 심장도
뱃고동 소리도 발소리도 저주도
언제나 제 집에 딱 꽂히지 않는다

바늘이 무딘함을 배워 열쇠가 되었다는데

미간을 사용하지 말자

구름을 사용하자
나뭇잎을 사용하자
귓바퀴를 사용하자

허영의 악습

온갖 길들이 네가 태어나 기쁘다며
동네 생선 트럭처럼 떠듭니다
어디든 갈 수 있다고 화살표가 난무합니다

뭐 그다지 놀랍지는 않습니다

애인들을 녹여서
금붙이 몇 트럭을 만들어도 시원찮습니다
각축전의 문틈에 손가락이 낀 이들
고드름이라도 되겠다는 지붕 같은 그 맹세들

언제고 한 손은 운전대에
한 손은 내 손아귀에 있죠
넘치는 꽃다발이 앞 유리창 시야를 다 가리죠

하지만 늘 주의하죠
그러면 다인 줄 알지만 다가 아닌
그 세계

당신의 순간

― 마크 로스코

당신이 여기 있는 줄 몰랐다
세 번이나 뒤돌아 계단을 뛰어 올라갔다
나사 같은 허공을 급히 뛰다 추락할 뻔했다
그 정도는 아무것도 아니다
당신은 목숨을 끊었다 내가 진작 잘했어야 했다
뚝뚝 흘리는 눈물을 보다 못한 경비원이 자리를
피해주었다

―몰래 당신의 피에 손을 넣어본다 내 입에 흘려
넣어주던
당신의 피가 아직 따뜻하다 목숨한테 잘하는 법을
몰랐다
시늉뿐임을 알자 당신은 끝내 떠났다 지금이라도
액자 속으로 넘어가 뒤꿈치라도 잡아야 한다
참다 못한 경비원이 나를 떼어 거리로 집어던졌다

다음 날 또 간다 당신이 멀리 옮겨갔다고
늦게라도 잘하려는데 거짓말로 당신을 빼돌리려

한다
　하지만 속은 건 경비원이다 나는 당신 뒤에 숨었다
　하룻밤을 보내고 반지를 사서 돌아올 생각이다

　그러나 당신의 무덤을 나서자
　당신은 사라지고 이제 당신 없는 세상이 너무 만
만할 테니
　어떻게 해야 할지 눈앞에서 경비원이 셔터를 내
린다

모래, 낙타를 짜다

초겨울 비 오는 점집
그 옆 야채가게
부서진 의자 위에 새끼고양이 한 마리
아슬아슬하게 웅크려 잔다

그 몸 위에
술꾼 아저씨 비틀대며
커다란 배춧잎 한 장 주워다 가만히 덮어준다

중년

찢어진 백화점 쇼핑백 속 흙덩이를
두 손으로 안아 들고 고향 동창회에서 돌아왔다

몇 시간 기차에 흔들리던 흙 포대기 밖으로
색색의 채송화들이 불안스럽게
고개를 내민다

며칠 전 베란다 빨래 걷다 무심코
어린 시절 꽃 그립다 말한 아내,

호리병에서 솟아 나오는 백화점 한 채 본다
갖고 싶은 거 다 가지라고
손톱만 한 채송화들
중년의 품에서 뛰어나오는 걸 본다

어느 날 입 벌려보라고는 아내가 물고 있던
껌 얼른 집어가 우물대던

더러운 중년.

그곳에서 보다

　돈을 아껴 제일 싼 맥주를 샀는데 비린 풀냄새가
났다
　병에는 약초 어쩌구 써 있었다
　약을 먼저 먹으니 그 약을 필요로 한 탈이 나중에
왔다

　저녁의 공원 풀밭 토끼 한 마리가
　동양 여자의 눈물을 구경하느라고 코앞을 떠나질
않았다

　반팔 옷과 털코트 입은 이웃들이 서로
　손을 흔들며 동시에 날씨 얘기를 했다
　여름옷과 겨울옷 몇 벌을 들고 중고옷가게엘 갔다
　다음 날 그 옷들 나란히 진열되었다
　다시 입고 싶었다

　아프리카 출신 흑인 남편을 보러
　오스트리아인 백인 아내가 왔다

남편은 시인 아내는 번역가
아내는 여성 시인들을 조금씩 흘겨보다가
먼저 떠나는 날 단체 작별 메일을 보냈다
"오늘 당장 남편도 트렁크에 넣어서
데려가고 싶지만 참고 먼저 떠납니다
내 남편을 좋아하지 말아주세요"

그날 밤 아프리카 여성과 팔짱 낀
어두운 횡단보도 위의 그 남자를 봤다

이번에 사 온 맥주는 제대로였다

누가 꽃을

꽃은 누가 제일 많이 생각해주나

줄무늬 티셔츠의 꿀벌인가
물 주러 오는 비의 발소리인가
해마다 다시 손 내미는 잎들인가

너무 큰 식욕이 고민인 흙과
파라솔 색깔의 햇빛들
우박과 천둥과 벼락도 있지

그들도 다 생각해서 그 큰 몸집을 끌고
기어이 찾아오겠지만

노심초사 언제고 손바닥을 받쳐 들고
여린 귓밥 파줄 듯 무릎에서
접시에서 의자 디딤돌까지
하인까지 다 떠맡는

내내 한결같이 곁에 붙어 있는

제때, 혹은 늦은, 식의 이름들
일인다역의

꽃받침들!

나무와 신(神)

그녀가 종교에 미쳤다고 다들 귀띔했다

걱정 없다 내 머릿속에는 커튼 고리와 라오스와
슬로바키아, 목련과 자운영 카유보트와 오만과
눈가를 적시는 까닭 모를, 따위들뿐

건성으로 찻집에 마주 앉았는데
바깥 언덕에 세워둔 차가 혼자 뒷걸음질을 시작
했다

쾅! 하고 친구는 어느 날 밤 자다가
백만 볼트 전류를 들이받고 물 젖은 감전사 직전에
신이 보낸 시험인지
신 때문에 물리친 은총인지 살아났다는데

길가의 가로수가 막지 않았으면 차는
급커브 4차선 도로까지 밀려 나가 대형 참사를 냈
을 텐데

대체 누가 너를 이곳에 미리 심어두었는가

친구는 그 밤 이후 새벽마다
어디에 쓰려 저 같은 미물을 구했사온지
중얼대는 습관이 생겼다는데

내겐 매일 그 나무를 찾아 묻는 습관이 생겼다
대체 누가 너를
여기에
그토록 미리
심어두었는가

1분

　대형버스가 교정에서 한 여학생을 순식간에 쓰러
뜨렸다
　한 여학생이 순식간에 사라졌다
　도서관 앞 비명 소리가 대형버스보다 더 컸다
　버스가 섰지만 이미 늦었다
　늦은 건 1분보다 길었을 수도 있지만
　1분보다 짧았을 수도 있다

　나는 도서관에 있었다 점심이 귀찮아서
　서가 사이에서 몰래 초콜릿을 먹었다
　긴 여행을 위해 열흘치 일을 앞당겨 해주고
　돌아와 개명 신청으로 새사람이 될 생각이었다

　스물두 살이거나 스물셋, 1분 전까지 거기 있었던
　여학생 집으로 전화가 갔겠지 따님이
　목숨을 잃었어요라고는
　차마 말하지 않았겠지 딸의 엄마는 아버지는
　더 오래 살았겠지만 시간과 목숨을

150

이해할 수 있을까 1분 만에
갑자기 영영 사라져버리는 시간과 목숨을

나도 1분 만에 영영 사라질 수 있었는데
스물한 살이거나 서른두 살 혹은 어제라도
1분마다 1초마다 없어질 수 있었던 1분 1초마다
기적적으로 남겨진 건 남겨져 몇십 년이나
기적이 당연이 된 건
기적이 아니라 우연일까 우연은 누구를 차별하고
무슨 법칙으로 작동되는가
1분 만에 다 읽어치운 장편소설이라니
1분 만에 다 끝난 이십대라니
5층짜리 도서관의 지식도 아무런 확증도
증명도 제공 못 할 1분의 저쪽과 이쪽

겨우 1분의 이쪽과 저쪽인데
그 1분까지 스물몇 해를 걸어왔는데 저쪽으로
단 1분 만에

오직 단 한 번의 1분으로 그걸 바꿔치다니
같은 이름을 갖고 그렇게 다른 짓이라니

순식간에 영정 속으로 들어가버린 구두와 가방과
수첩과 수첩 속 내일모레의 약속과 어제의 기분과
10년 후의 1분 같을 아이와 목주름과 바뀐 유행과
구두 굽들……

어떤 1분에도 항의도 못 할 결정만 있다니
결정에 주어가 없다니
저쪽과는 늘 단 1분이 조건의 다라니

손에서 녹은 허무가 1분을 못 참고

서가 사이에서 나는 펼쳐 든 책 사이에다
기어이 초콜릿을 토했다

초승달

얇고 긴 입술 하나로
온 밤하늘 다 물고 가는
물고기 한 마리

외뿔 하나에
온몸 다 끌려가는 검은 코뿔소 한 마리

가다가 잠시 멈춰선 검정고양이
입에 물린
생선처럼 파닥이는,
은색 나뭇잎 한 장

검정 그물코마다 귀 잡힌 별빛들

나도 당신이라는 깜깜한 세계를
그렇게 다 물어 가고 싶다

어둠의 생김새

모든 육체는 어둠을 주조한 것
어둠의 두께와 생김새가 그를 결정한다

어둠의 콧날이 두툼하면
분꽃은 나팔꽃이 되고
어둠의 목이 길어지면 뱀은 기린이 되는 것
팔을 잡아당긴 어둠은 주전자가 되고
어둠의 속을 파내면 신발이 된다

그러므로 목숨이란 어둠의 윤곽을 무너뜨리지 않
는 것
죽음이 윤곽을 열 때까지
몸은 끝내 제 몸 바깥에서의
풍찬 노숙
꽃잎들은 얇고 납작한 어둠의 부피로
더 얇은 바람을 이기니
어둠이 적을수록 형체를 얻지 못하는 법

그리하여 밤 밀물지기 전 석양을 사랑하듯
어둠의 숙명을 많이 아는 자일수록
나 사랑하는 것

거울 속 저편의 어두운 나신(裸身)처럼

김밥의 세계

이곳은 어디인가 누구의 방이거나 집인지 모르겠다
어두운 게 극장 같지만 극장은 아니다
밤인데 전등을 켜지 않았을 뿐이다
켜지 못했다 깜깜한 어둠 속에서 인기척을 내지
않으며
나는 차가운 김밥을 먹는 중이다
처음에는 침대에 걸터앉아 숨죽여 먹었다
방문 밖 정원의 파티 때문이다
방문은 종잇장처럼 얇고
그 문만 열면 정원에는
바다를 배경으로 흰색 테이블과 제라늄꽃 장식들
케이크와 포도주 잔이 가득하다
그곳은 초대받은 이들의 세계다
나는 초대받지 못했다
초대받은 이들과는 안면이 있다

창문턱으로 간다 그곳은 달빛이라도 있어서
검은 김밥이 좀더 잘 보인다 어제 사다 둔 김밥이다

156

바짝 마른 김밥에 혀가 자꾸 말린다 머리카락도
괜히 말린다 문틈으로 들어온 담배 연기도
김밥처럼 나를 검게 말아간다 김밥은 차갑고
목에 자꾸 걸리는데 마실 물도 없다
사러 가야 하지만 문밖엘 나가는 건
목숨을 잃는 것과 같다 초대받은 이들이
검게 말린 찬 김밥을 보고 깜짝 놀라며
큰 소리로 웃을까 봐
아 세상에는 불청객이 있네요 초대받지 못하는
사람도 있지요 김밥을 불쌍히 여길까 봐
김밥에 목이 메이는데도 참는다 방문을 여는 순간
그들이 신기해하면서 사진이라도 펑펑 찍을까 봐
나는 인간을 믿지 않으므로
혼자 딱딱하게 굳은 김밥을 먹는 중이다
억울하진 않다

어둠 속이어서 더 크게 울리는
그들의 웃음소리가 경박하다고도 생각지 않는다

마실 물도 없는 식은 김밥이 너무 날카로울 뿐이다
어둠이 더 짙어져 김밥과 허공이 구분이 안 갈 뿐
이다
그래도 불을 켤 수 없다 불빛에 갑자기 그들이
내 방을 쳐다볼까 봐 왜 거기 있느냐고 웃을까 봐
아 세상에는 초대받지 못하는 사람도 있지
그들이 갑자기 세상을 이해할까 봐
내 잘못과 수치심이 더 커질까 봐

남은 김밥을 입에 넣으며 어둠 속을 더듬어
얇은 문을 발로 꽉 누른다
혹시라도 이 방을 화장실로 잘못 알아 휙 열어젖
힐까 봐
화장실에서 뭐하는 거예요! 그들이 소리칠까 봐
머리카락이 떨어져 인기척이 날까 봐
경찰이라도 부를까 봐
신문에 날까 봐
머리카락도 움직이지 않은 채

여기가 어딘지 누구 방인지도 모르니 물이 없어도
나가지 못한 채 어둠 속에서 철사 같은 김밥을 먹
는다

화면 속 연기에 충실하듯

기계, 달리다

기계 위에서 실내가 달린다
동물은 철제 우리 속을 달리고
신발은 신발장 안을 달린다

달리는 것은 인화성 물질
자꾸 불이 붙는다 타는 냄새가 난다
시계가 타고 숫자가 타고 몸이 탄다
슬픔이 타고 노래가 탄다

원시와 유목이 돌아본다
현대가 돌아본다
귀신이 돌아보고 농경이 돌아본다
상업과 사업이 돌아본다

젖은 우산 되어 달라붙는 몸
애착을 잃을 때까지
차가워질 때까지

달리자, 기계

제자리에 묶인 공[球]이어도

달리자, 기계!

양털 코트의 내력
— 아이오와 일기

가엾은 시 한 편 벚꽃 잎 같은 원고료 3만 원

가짜 순모 코트 한 벌

비행기와 구름 속을 지나는 트렁크 속 3만 원

시골 도시의 공원 벤치와 농가 헛간 파티장 가는 건초 트랙터

아플 때마다 만지러 갔던 중고숍의 검정고양이

좀도둑의 손이 빠져나오지 못하는 바닥 뚫린 주머니

창틀에 걸린 햇빛이라는 빨랫줄

세숫비누처럼 맑던 월요일 오전의 단추

별빛 같던 다락방 천창의 빗줄기들

영하로 얼어붙은 초가을 횡단보도 옆 민소매들의
미소

술집만 붐비는 금요일 서점의 시 낭송 소리

뜯어질 듯 여린 재봉선에 얹어주던 손

책상 위 불 켜주던 남루

돌아와 또 구매하는 벚꽃 한 잎

뒤뜰이 푸르다

그건 참 다른 일

앞마당 나무들이 봄빛에
새파래지는 건
봄이니 당연한 일
봄은 앞이고 앞마당은 앞이고 햇빛도
앞에다 다 쓰니 당연한데

햇빛들 한 번도 거기까지 돌아와보지 않았을
뒷그늘이 어느 날 갑자기
흰빛을 키운 건
검은 그늘이 저 혼자 색깔을 연마해
갑자기 초록을 내뿜는 건

아무리 봄이어도 참 다른 일

뒤뜰이 앞이 됐더라 누군가 중얼대는 건

그 자수성가 구경하려 갑자기 몰려가
녹슨 문을 떠미는 건

아무리 봄이어도
참 다른 일

'나'라는 이상함, 혹은 불편하게 살아가기

홍 정 선

김경미는 불편하게 살아가는 것을 자발적으로 받아들인 사람이며, 그것을 시적 모색의 대상으로 삼은 시인이다. 세상과의 관계에서, 타인과의 관계에서, 내면적 자아와의 관계에서 불편함을 스스로의 운명으로 만든 보기 드문 시인이다. 그것도 하나의 불편한 관계만이 아니라—여기에 무슨 욕심이 필요하겠는가!—셋 모두를 차례로 선택하여 자신의 일생을 참으로 힘들게 만들고 있는 독특하고 예민한 시인이다. 이런 점에서 김경미는 쉽게 즐거운 시를 생산하는 상당수 시인들보다 좋은 시를 쓸 가능성이 훨씬 큰 시인이다. 그것은 김경미가 대상과 손쉽게 화해하며 시를 쓰는 사람보다 대상을 예민한 촉수로 심도 있게 파고드는 시를 쓸 가능성이 높기 때문이다. 또 불편한 관계로 말미암아 안이하게 언어를

166

선택하는 시인들보다 세상의 복잡함에 대응하는 적절한 언어를 예민하게 포착할 가능성이 크기 때문이다.

김경미의 시는, 1983년 데뷔 이후 30여 년의 시작 생활 동안, 한 번은 크게 한 번은 작게 변화했다. 이 변화를 통해 김경미는 세상과의 불편함으로부터 타인과의 불편함으로, 타인과의 불편함으로부터 자신과의 불편함으로 옮겨가는 시세계를 보여주었다. 그중 김경미 시의 첫번째 변화, 세상과의 불편함으로부터 타인과의 불편함으로 옮겨가는 변화는 첫 시집 『쓰다만 편지인들 다시 못 쓰랴』(실천문학사, 1989)를 내면서 이루어졌다. 첫 시집을 낸 후 그녀의 시는 사회현실에 대한 문제로부터 개인의 삶과 정서에 대한 문제로 전회하는 커다란 변화를 보여준 것이다. 다시 말해 이른바 민중시 계열의 시를 쓰던 시기, 외부로부터 들려오는 목소리, 이성적 당위의 목소리를 따라가며 자신이 살던 시대를 직접적·적극적으로 비판하던 시기를 첫 시집을 펴내는 것으로 마감하고 자신의 예민한 촉각과 내면의 목소리에 귀를 기울이는 시기로 넘어간 것이다. 그리하여 김경미는 두번째 시집 『이기적인 슬픔들을 위하여』(창비, 1995)에서 첫번째 시집과 확연히 구별되는 시세계, 한 여성이 타인에 대한 복잡한 감정 속에서 자신의 정체성을 지키기 위해 고통스럽게 몸부림치는 시세계를 도발적 어투로 선명하게 보여주었다.

김경미 시의 두번째 변화는 첫번째 변화의 테두리 안에서 일어난 변화이며 점진적으로 진행된 변화여서 두번째와 세번째 시집에서는 지각하기가 쉽지 않다. 네번째 시집 『고통을 달래는 순서』(창비, 2008)에서 어느 정도 뚜렷하게 모습을 드러내는 이 변화는, 필자의 생각으로는, 그녀의 시가 두번째 시집 이후 자기 정체성의 모색이라는 일관된 주제를 변함없이 유지하고 있다는 점에서는 작은 변화이지만, 그럼에도 특유의 예민한 감각으로 모색의 대상과 방법을 조금씩 바꾸어왔다는 점에서는 중요한 변화이다. 그 결과 네번째 시집에 이르러 김경미의 시는, 시적 대상의 경우, 타인과의 불편함이 아니라 시인의 분신으로 여겨지는 '나'와의 불편함을 본격적 모색의 대상으로 삼는 변화를 보여주게 되고, 시적 방법의 경우, 타인에 대한 태도와 목소리에서 배어 나오던 불편함을 안정적인 수준으로 축소시키는 변화를 보여주게 되는 것이다.

우리는 점진적으로 진행된 이러한 변화를 먼저 두번째 시집 『이기적인 슬픔들을 위하여』와 세번째 시집 『쾅, 나의 세컨드는』(문학동네, 2001)이 드러내는 감정표현의 차이에서 감지할 수 있다. 김경미는 두번째 시집에서 타인에 대한 사랑의 감정, 행복함과는 거리가 먼 불편한 감정을 격렬하게 드러내고 있지만 세번째 시집에서는 그러한 감정이 반성적 태도를 통해 어느 정도 가라앉은 모습을 보여주고 있다. 우리는 이 두 시집의 그 같은 차이를 감정을 표출하는 몇 가지 어투에서 확인할 수 있는데, 세번째 시집에서는 두번째 시집에서 자주 마주쳤던 직접적이고 격렬한 감정적 어투와는 사뭇 다른, 이를테면 타인을 존중하는 경어체 어투와 드물지 않게 마주칠 수 있는 것이다. 이처럼 세번째 시집에서 가라앉은 어투를 통해 안정성을 획득하기 시작한 김경미의 시는 네번째 시집 『고통을 달래는 순서』에 이르면 좀더 빈번해진 경어체 어투로 대상에 대한 불편한 감정표출을 더욱 자제하면서 시적 관심을 타인에서 자신으로 바꾸는 단계에까지 도달하게 된다. 이런 점에서 김경미의 이번 다섯번째 시집 『밤의 입국심사』는 네번째 시집에서 강화되기 시작한, 자신에 대한 관심과 반성의 연장선상에 놓여 있는 시집이라고 할 수 있다.

이와 같은 김경미 시의 변화과정에서 볼 때 김경미의 시집 『밤의 입국심사』는 바로 전 시집과 같으면서도 다르다. 이번 시집은 자신에 대한 반성적 성찰이 주조를 이루고 있다는 점에서는 네번째 시집의 연장선상에 있지만 '나'에 대한 성찰이 앞의 경우보다 훨씬 집중적으로 치열하게 이루어지진다는 점에서는 구별되는 까닭이다. 예컨대 우리는 두 시집이 가진 이러한 차이를 다음 시가 보여주는 자기반성적 방식에서 손쉽게 확인할 수 있다.

모든 게 영화세트장의 시늉 같건만 오지 않는 잠은
　　짐짓 해보는 연기가 아니다 과오들 또한 늘 그렇듯
　　멜로영화 속 추억의 회상 장면이 아니다
　　　　　　　　　　　　　　　　　　　──「사람 시늉」 부분

　『고통을 달래는 순서』에 수록된 위의 시는 자신이 저지른 과오로 인해 잠을 이루지 못하는 불편한 화자를 보여준다. 결코 "멜로영화 속 추억의 회상 장면"처럼 달콤하지 않은 과오, 잠시의 연기 흉내로 끝나지 않는 과오 탓에 잠들지 못하는 예민하고 반성적인 화자를 보여준다. 그러한 모습을 드러내는 시적 서술은 비유적이고 간접적이어서 '나'라는 시적 주체를 추궁하듯 겨냥하지는 않고 있다. 그런데 이와 같은 자기반성의 방식은 이번 시집에서는 좀더 직접적으로 자신을 향하는 형태로 바뀌어 다음과 같은 모습으로 나타난다.

　　나는 무엇을 하고
　　세상은 무엇을 하는가
　　세상이 무엇을 할 때 나는 무엇을 하는가
　　　　　　　　　　　　　　　　　　──「밤, 기차, 그림자」 부분

　그렇다면 김경미가 이번 시집에서 이처럼 자신을 향

해 강도 높은 반성적 질문을 되풀이하는 이유는 어디에 있는 것일까? 그것은 자신의 모습이 불편하고 불안하기 때문이다. 자신의 예민한 촉수에 자신의 이런저런 모습이 자꾸만 어색하고 이상하게 포착되기 때문이다. 밤에도 낮에도, 익숙한 자리에서도 낯선 자리에서도, 혼자 있어도 함께 있어도, 사람들 속에서도 사물들 속에서도 자주 불편하고 불안하다. 그래서 '나'를 향해 질문을 던진다. 나의 자리와, 모습과, 상태와, 행동에 대한 질문을 지속적으로 던진다. 자신이 왜 그 자리에 그렇게 있는지 스스로에게 불편하게 질문한다. 김경미는 이국의 낯선 자리에서 느끼는 불편함을 「오늘의 철학」에서 이렇게 쓴다.

이것은 내 옷이 아니며
이 사람은 내가 아니며
이 생은 내가 원하던 모습이 아니라고

허리 속에서 풀려버린 차가운 황금빛 옷핀이
자꾸 살을 찌른다
—「오늘의 철학」 부분

이처럼 김경미는 "황금빛 옷핀"이란 부제를 붙인 위의 시에서 이국의 낯선 장소를 찾아가서 낯선 풍경 속에

놓여 있었을 때 겪었던 어색함과 불편함을 "허리 속에서 풀려버린 차가운 황금빛 옷핀이/자꾸 살을 찌른다"라는 말로 표현한다. 그리고 그 어색함에서 비롯된 불편함이 얼마나 컸었는지를 "이것은 내 옷이 아니며/이 사람은 내가 아니며/이 생은 내가 원하던 모습이 아니라고"라는 말로 드러내고 있다. 김경미의 이러한 말을 통해 우리는 처음에는 입고 있던 '노출드레스'가 어색해서 불편해지기 시작한 것이 옷을 입고 있는 자신마저 낯설고 어색하게 느껴지도록 만들고, 자신이 다른 사람처럼 느껴지기 시작하니까 마침내는 자신의 삶까지 부정할 정도로 어색한 불편함이 강화되는 모습을 확인할 수 있다.

그런데 김경미의 경우 이런 어색한 불편함은 우연적이거나 일회적이 아니다. 어느 날 잠시 찾아왔다가 금방 사라지는 것이 아니라 자주 도지는 증상처럼 때를 기다리며 그녀 속에 잠복해 있다. 그래서 김경미가 겪는 이 어색한 불편함은 심각한 문제이다. 이 사실을 김경미는 「오늘의 괴팍」이란 시에서 다소 자조적인 어투로, 그렇지만 분명하고 간결하게 말한다.

내가 있는 곳은 내가 있기에 혹은 내가 있어서
항상 적당치 않다

—「오늘의 괴팍」

172

김경미는 불편함이 생기는 모든 이유가 '나'에게 있다고 말한다. 불편함은 다른 무엇으로 인해 생기는 것이 아니라 자신으로 인해 생기는 것이라고 생각한다. 그래서 "내가 있는 곳은 내가 있기에 혹은 내가 있어서/항상 적당치 않다"고 썼다. 그렇지만 세상에 "내가 있어서 항상 적당치 않"은 곳이란 없다. 이 말은 그러므로 그런 곳이 있는 것이 아니라 그렇게 생각하는 '나'가 있을 따름이라는 말의 김경미식 표현이다. 이처럼 그녀는 자신이 느끼는 불편함의 근원은 외부에 있는 것이 아니라 자신의 내부에 있다는 사실을 잘 알고 있다. 그렇게 생각하는 '나'의 태도와 사고방식이 문제의 근원이라는 것을 그녀 역시 잘 알고 있다.

이렇듯 김경미가 문제의 근원을 '나'라고 생각하는 이유는, 이번 시집에 수록된 시들로 미루어 보건대, 자기 삶을 실패의 연속으로 생각하는 태도와 관련이 있다. 김경미에게 있어서 실패하는 '나'는, 우연적이거나 일회적이 아니므로, 나름대로 역사적이다. "항상 적당치 않다"고 말하는 데에는 그 책임을 타인에게 전가할 수 없는—실제로 전가할 수 없는지는 의심스럽지만—자기 실패의 연속, 반드시 자신의 책임으로 돌리지 않아도 될 것까지 이런저런 자기실패의 연속으로 생각하는 민감한 태도가 작용하고 있는 것이다. 이런 점에서 김경미가 되돌아보는 자신의 삶에는 지나칠 정도의 예민함과 섬세

함으로 말미암아 늘 귀책사유가 '나'에게 있다고 판단하는 실패들이 즐비하다. 이 사실을 우리는 「실패들」이란 시에서 어느 정도 짐작해볼 수 있다.

이슬비 흉내에도 실패했다
소의 눈망울도 흉내 내지 못했다
바닷가 모래밭에 엎드려 자는 데에도 실패했다
공연장 계단을 오르다 발목을 찧은 할머니
무섭게 피가 쏟아지는데
늘 갖고 다니던 일회용 반창고가 그날따라 없었다

그날따라 없는 것들
귀여운 금요일 오후
성가심을 깎아낼 손톱깎기와
태풍을 묶을 머리끈
실패를 조그맣게 만들 안경

머루나무처럼 크는 데 실패했다
「알함브라 궁전의 추억」 연주에도 실패했다
얼굴 검은 고양이를 끝까지 책임지지 못했다
골목과 서재를 가진 집에서
수녀가 되는 데 실패했다

만사 제치고 달려와줄 친구가 있을까
언제고 달려가주겠다
손 내밀 손이 손에 있을까

언젠가 여의도 일터 근처 새벽 술집에서
혼자 울던 신사복 남자
낯선 나라 골목 끝 등불 켜진 선술집에서
그 남자 흉내 내는 데도 실패했다

페인트 갓 칠한 문에 손자국이 크게 나 있다
—「실패들」 전문

   김경미는 위의 시에서 수많은 실패들을 열거하고 있
다. "이슬비 흉내에도 실패했"고, "바닷가 모래밭에 엎
드려 자는 데에도 실패했"고, "머루나무처럼 크는 데 실
패했"고, "「알함브라 궁전의 추억」을 연주하는 데 실패
했"고, "그 남자 흉내 내는 데도 실패했다"는 식으로 실
패의 목록을 길게 나열한다. 그뿐만이 아니다. 여기에
"소의 눈망울도 흉내 내지 못했"고, "늘 갖고 다니던 일
회용 반창고가 그날따라 없"어서 할머니를 돌봐주지 못
했고, "얼굴 검은 고양이를 끝까지 책임지지 못했"다는
식으로 또 다른 실패의 목록까지 장황하게 추가하고 있
다. 이 실패의 목록들은 그러나 언뜻 보기에도 반드시

실패로 분류해야 할 일이나 사건인 것도, 반드시 시인 자신이 궁극적 책임을 져야 할 내용인 것도 아니다. 키가 크지 않은 것이나 일회용 반창고가 없는 것이 왜 실패의 목록에 들어가는가! 그럼에도 김경미는 이것들을 자기실패의 목록 속에 집어넣는다. 사소한 욕망의 좌절이건, 스쳐 지나가는 생각으로 끝나버린 욕망이건, 안타까움만 남긴 연민이건 가리지 않고 자신과 스치는 인연이라도 있었던 모든 것을 자신의 실패 목록에 포함시켜 놓고 있다. 이런 예민한 태도와 사고방식이 김경미로 하여금 "내가 있는 곳은 내가 있기에 혹은 내가 있어서/항상 적당치 않다"고 말하게 한다.

필자는 앞에서 김경미가 문제의 근원을 '나'라고 생각하는 이유는 자기 삶을 실패의 연속으로 생각하는 태도와 관련이 있으며, 그런 점에서 실패하는 '나'는 나름대로 역사적이라고 말했었다. 김경미가 「탄광과 라벤더」에서 "이제 더는 못 하겠다 나는 완전히 틀려먹었다"고 팽개치듯 단정하는 말을 하거나 "나를 망치는 건 항상 나다 낯선 보라색 들판들"이라고 다소 격렬하게 말하는 것도 같은 맥락에서라고 볼 수 있다.

> 보라색 라벤더꽃은 본 적도 없던 시절
> 검은색의 시절
> 나는 젊었고 꽤 순했고 마음이 자주 아팠고

176

지하도 계단을 동정했고 불행을 믿었다

검정 속에는 늘 석탄 같은 불꽃이 가득했다
검정에 모든 게 다 있는 게 틀림없었다
보라색도 좋지만 탄광 속에서 캘 수 있는 건
검은색뿐이었고 성냥불에도 즉시 폭발하던
무지갯빛의 검은색뿐이었는데

이제 더는 못 하겠다 나는 완전히 틀려먹었다
탄광이 비었을까 봐 더는 지하 갱도로
내려가지 않는다 여기 어둠을 발견했다고 기뻐 소리치지
않는다 그토록 자주 소리치던 검정이었는데
                                    ──「탄광과 라벤더」부분

　이 시에서 김경미는 자신의 과거와 현재를 선명하게
대비시키고 있다. 그러면서 현재의 처지에서 "이제 더는
못하겠다 나는 완전히 틀려먹었다"고 말한다. 그것은 이
미「실패들」이란 작품에서 "이슬비 흉내에도 실패했다/
소의 눈망울도 흉내 내지 못했다/바닷가 모래밭에 엎드
려 자는 데에도 실패했다"고 말한 데에서 짐작할 수 있
었듯 자신의 삶이 실패의 연속이며, 그 실패의 축적을
통해 지금의 자신이 과거와 너무 달라졌다고 생각하기
때문이다. 과거에 "나는 젊었고 꽤 순했고 마음이 자주

아팠고/지하도 계단을 동정했고 불행을 믿었다". 그런데 지금의 나는 그런 꿈과 자세를 잃어버렸다. 무채색의 검정 속에서도 무지갯빛을 발견하던 과거의 '나'는 지금 라벤더의 아름다운 모습에서도 어떤 꿈을 찾지 못하는 현재의 '나'로 바뀌었다. 이런 현재의 '나'를 두고 김경미는 "나를 망치는 건 항상 나다 낯선 보라색 들판들"이라고 말한다. 과거의 '검은색의 시절'은 무채색의 색깔과는 달리 아늑하고 신비하고 따뜻했는데 현재의 '보라색 들판'은 화려한 색깔에도 불구하고 삭막하고 단순하고 차갑다고 생각한다. 그 때문에 김경미는 과거 속에서는 안온하고 현재 속에서는 불편하다. 아늑한 정서를 아름답게 그리고 있는 「어떤 여름 저녁에」라는 시는 과거에 대한 그녀의 그러한 생각이 밑바닥에 깔려 있는 작품이다.

어떤 여름 저녁,
그 모든 것들 한꺼번에 밀려 나와
더위보다 큰 녹색 수박의 무수한 조각배들
잊을 수 없는

석양의 출항을 시작할 때가 있다.
　　　　　　　　　　　　　　—「어떤 여름 저녁에」 부분

순수한 동경과 설레임으로 가득 차 있는 이런 시 속에는 어색함과 불편함이 없다. 반면에 현재의 모습을 보여주는 「자세와 방식」이란 시에서는 "내 등은 매일/소라와 나사와 달팽이와 커튼과 건전지와/발바닥을 업고 다닌다"라고 쓴다. 일이 꼬이고 앞날이 캄캄하고 방향을 예측할 수 없다고 생각한다. 그럼에도 실패의 연속이 과거처럼 살 수 없게 한다. 「탄광과 라벤더」의 마지막 연에서 참으로 불편하게 "더는 못하겠다/더는 내려가지 않겠다고/손을 뗀다"고 외치도록 만든다. 이렇듯 김경미가 현재의 자신을 그리는 구절 속에는 불편함이 선명하게 각인되어 있으며, 그렇기 때문에 김경미의 이번 시집은 과거에 대비된, 현재의 자기 모습에 대한 성실하고 힘겨운 진단이고 성찰이다.

김경미의 「나,라는 이상함」은 시의 제목에서부터 자신의 이러한 문제들이 '나의 이상함'에서 비롯한다는 인식을 보여주고 있다. 자신이 느끼는 참을 수 없는 어색함과 불편함이 '나의 이상함'에서 비롯한다는 것을 알고 있기 때문에 「여행의 리얼리티1」에서는 "나라는 이상함을 메고 끌고 들고/길을 걷다가 멈춰 서서 울어도 창피하지 않은 것"이라고 쓴다. 그렇지만 '나의 이상함'에 대한 김경미의 인식은 아직은 양날의 칼이다. '나'만을 향해 있는 것이 아니라 대상도 향하고 있다.

사실 더 이상한 자들이 있으니

배와 비행기야말로

제정신들인가

어디든 가고 싶다고

쇳덩이가

엽서가 되다니

한술 더 뜨는 존재는 물론 그 아래 물고기들

익사하지 않는 코는

장식품일까

대부분의 내 날짜들처럼

　　　　　　　　　　　—「나,라는 이상함」 부분

　김경미는 위에서 예로 든 「나,라는 이상함」의 첫머
리를 "새소리가 싫은 것/날개를 얻으려 뼛속이 텅 비다
니!"라는 말로 시작한다. 놀라운 상상력을 발동해낸 대
목이다. 여기에는 새의 날개가 "뼛속이 텅 비"는 희생
을 치르고 얻을 만큼 가치 있는 것인가라는 의문이 들어
있다. 그런데 이런 의문은 보통사람들의 경우, 김경미
와 같은 상상력이 없기 때문에, 가질 수도 없고 가지지
도 않는 의문이며, 따라서 이상한 의문이다. 시인은 「나,
라는 이상함」이란 작품을 '나'와 대상에 대한, 무수히 많
은 이런 이상한 의문으로 점철해놓고 있다. 위의 인용

부분에서 배와 비행기에 대한 의문이 좋은 예다. 쇳덩이가 물 위를 떠다니고 그 아래에서 물고기가 유유히 노닐며 살고 있는 것은 이상한 일이다. 아무리 생각해도 '제정신'이라고 할 수 없는 모습이다. 이런 식으로 김경미는 「나,라는 이상함」에서 이상함의 초점을 '나'에게만 맞추는 것이 아니라 대상을 향해 맞추기도 한다. 나의 이상함을 넘어 대상의 이상함으로 상상력을 전개시키는 이러한 모습은 김경미가 '나의 이상함'을 전제하면서도 아직은 대상의 이상함에 대한 사유 역시 멈추지 않고 있다는 사실을 말해준다. '나'의 이상함에 모든 잘못이 있다고 전면적으로 승인하는 것이 아니라 대상의 이상함으로도 눈을 돌리고 있다는 것을 말해준다. 이런 점에서 이 작품의 마지막 부분에서 김경미가 던지는 "다들 정말이지 이래도 될까/이렇게 이상해도 되는 걸까"라는 질문은 세상을 향한 질문이면서 "나만 이상한 것이 아니잖아요"라는 조용한 항의인 셈이다.

다시 말하지만 이번 시집에서 김경미가 보여주는 '나의 이상함'에 대한 의식은 '나'를 향하면서도 동시에 외부를 향한 날카로운 의문을 포기하지 않고 있는 반성적 의식, 흔쾌히 '나'의 탓이라고 승인하지 못하는 반성적 의식이다. 그래서 시인은 자주 불편하고 머리가 아프다. 문제는 '나'의 이상함에 있다고 생각하면서도 세상 역시 이상하다는 생각을 완전히 포기할 수가 없어서 자주 머리가 아프다. 시인이 「맨드라미와 나」에서 "화단의 맨드라미는 더 심하다/온통 붉다 못해 검다"고 말하는 것은 그런 까닭에서이다. 머리가 자주 아픈 '나'는 붉은 맨드라미는 '나'보다 두통이 더 심할 것이라고 상상하면서 동병상련의 정서를 느끼고 있는 것이다. 체할 때 바늘로 손톱 밑을 따주던 어머니의 말을 기억하며 "바늘을 들고 맨드라미 곁에 가"는 것은 그런 정서의 표현이다. 그리고 혼자 감당해야 하는 두통의 크기에 비례하여 자신의 실패에 대한 이해와 공감의 열망 또한 커지는 모습을 "가을은 떠나고/오늘 밤 우리는 함께 울 것이다"라는 구절 속에 담아놓고 있다.

김경미의 이번 시집은 지금까지 살펴보았듯이 '나'라는 이상함에 대한 고백과 그 이상함이 주는 불편함을 성찰하는 모습으로 가득 차 있다. 안정적이고 편안한 '나'에 대한 성찰이 아니라 항상 낯설고 이상하고 불편한 현재의 '나'에 대한 성찰이 중심을 이룬다. 불편함의 근원을 타인이나 세상에 먼저 전가하는 것이 아니라 마치 마음먹고 자신을 닦달하려는 듯이 '나'의 문제에서부터 꼼꼼하게 파헤치고 있는 것이 이번 시집의 특징인 것이다. 모든 성찰 속에는 새롭고 더 나은 상태에 대한 열망이 숨어 있다는 점에서 이번 시집은 현재의 '나'에 대한 기록이며 미래의 '나'를 위한 씨앗이다. 필자가 이번 시집

에 수록된 「오늘의 결심」을 이번 김경미 시집의 결론이
자 다음 시집의 서론으로 보는 것은 그 때문이다. 김경
미는 「오늘의 철학」에서 자조 섞인 목소리로 "나는 슬픔
이 더 안전할 것이며/초라함이 일상의 무대의상일 것이
며/발은 주로 한 박자 늦을 것이며/심장은 소규모를 떠
나지 못할 것이"라고 탄식했었다. 그같은 탄식을 김경미
는 더 이상 하고 싶지 않다. 현재의 탄식을 벗어나고 싶
어서, 실패의 연속이라고 생각되는 자신의 모습을 되풀
이하고 싶지 않아서 내일의 결심이 아니라 오늘의 결심
을 한다.

  라일락이나 은행나무보다 높은 곳에 살지 않겠다
  초저녁 별빛보다 많은 등을 켜지 않겠다
  여행용 트렁크가 나의 서재
  지구 끝까지 들고 가겠다
  썩은 치아 같은 실망
  오후에는 꼭 치과엘 가겠다

  밤하늘에 노랗게 불 켜진 보름달을
  신호등으로 알고 급히 횡단보도를 건넜으되
  다치지 않았다

  생각하면 티끌 같은 월요일에

생각할수록 티끌 같은 금요일까지

창틀 먼지에 다치거나

내 어금니에 혀 물린 날 더 많았으되

함부로 상처받지 않겠다

목차들 재미없어도

크게 서운해하지 않겠다

너무 재미있어도 고단하다

잦은 서운함도 고단하다

한계를 알지만

제 발목보다 가는 담벼락 위를 걷는

갈색의 고양이처럼

비판 없는 애정의 습관도 길러보겠다

　　　　　　　　　　　—「오늘의 결심」 전문

그런데 김경미가 위의 시에서 보여주는 결심에서 현
재의 불편함을 벗어나려는 적극적이고 능동적인 태도가
아니라 소극적이고 수동적인 태도이다. 실패를 근원적
으로 치유하려는 의지가 아니라 그 횟수를 줄이려는 생
각이다. "목차들 재미없어도/크게 서운해 하지 않겠다/

너무 재미있어도 고단하다"는 말이 전해주는 이미지는 포기와 체념을 통해 "함부로 상처받지 않겠다"는 모습인 것이다. 이러한 모습은 실패를 두려워하지 않으면서 치유에 나서는 모습이 아니라 상처받지 않으려고 껍질 속으로 움츠러드는 모습이다. 그리고 "비관없는 애정의 습관도 길러보겠다"는 말에는 열정이 없는 삶에 적응해보겠다는 생각, 일상성을 수용하면서 살아가겠다는 생각까지 들어 있다.

김경미의 「오늘의 결심」은 중요한 의미를 가진 시일 수도 있고, 스스로 실패의 연속이라고 생각하는 삶 앞에서 일시적으로 다짐해본, 중요하지 않은 시일 수도 있다. 그래도 이 작품을 볼 때 김경미가 이번 시집에서 보여준 어색하고 불편한 세계는 금방 사라지지 않을 것이란 예감이 든다. 현재의 시간 속에서 느끼는 불편함과 김경미는 당분간 더 씨름할 것이란 생각을 필자는 떨쳐버릴 수 없다. ▨